SUSANNA TAMARO

YÜREĞİNİN GÖTÜRDÜĞÜ YERE GİT

Va' dove ti porta il cuore, Susanna Tamaro

1. basım: 1995
102. basım: Ocak 2015, İstanbul
Bu kitabın 102. baskısı 3000 adet yapılmıştır.

Kapak tasarımı: Utku Lomlu / Lom Tasarım (www.lom.com.tr)
Kapak resmi: © Shutterstock

Kapak baskı: Azra Matbaası
Litros Yolu 2. Matbaacılar Sitesi D Blok 3. Kat No: 3-2
Topkapı-Zeytinburnu, İstanbul
Sertifika No: 27857

İç baskı ve cilt: Ayhan Matbaası
Mahmutbey Mah. Devekaldırımı Cad. Gelincik Sokak No: 6 Kat: 3
Güven İş Merkezi, Bağcılar, İstanbul
Sertifika No: 22749

ISBN 978-975-07-1962-2

CAN SANAT YAYINLARI
YAPIM VE DAĞITIM TİCARET VE SANAYİ LTD. ŞTİ.
Hayriye Caddesi No: 2, 34430 Galatasaray, İstanbul
Telefon: (0212) 252 56 75 / 252 59 88 / 252 59 89 Faks: (0212) 252 72 33
www.canyayinlari.com
yayinevi@canyayinlari.com
Sertifika No: 10758

SUSANNA TAMARO

YÜREĞİNİN GÖTÜRDÜĞÜ YERE GİT

ROMAN

İtalyanca aslından çeviren

Eren Cendey

can

Susanna Tamaro'nun Can Yayınları'ndaki diğer kitapları:

Yüreğinin Götürdüğü Yere Git, 1996
Tek Ses İçin, 1996
Anima Mundi, 1997
Yanıtla Beni, 2001
Aklı Bir Karış Havada, 2002
Rüzgâr Ne Diyor, 2005
Yüreğimin Sesini Dinle, 2006
Luisito / Bir Sevgi Öyküsü, 2009
Sessizlik Bir Erdemdir, 2011
Sonsuza Kadar, 2011
Var Olan Ada, 2012
Her Melek Korkunçtur, 2013
Kökler, Yollar, Yitik Benler, 2014

SUSANNA TAMARO, 1957'de Trieste'de doğdu. Zor bir çocukluk dönemi geçirdi. 1976'da, 18 yaşındayken Friuli'de tanık olduğu deprem ve 25 yaşındayken geçirdiği ölümcül hastalık, Tamaro'da derin izler bıraktı. Yazmaya 27 yaşında başlayan Tamaro'nun edebiyat dünyasında tanındığı ilk eseri, *Tek Ses İçin* adlı öykü kitabı oldu. İlk kez 1994'te yayımlanan *Yüreğinin Götürdüğü Yere Git* adlı romanı, aylarca liste başı oldu, birçok dile çevrildi, yazarı büyük üne kavuşturdu ve 1995'te beyazperdeye uyarlandı. Tamaro, *Aklı Bir Karış Havada* ve *Anima Mundi* adlı romanları ve *Yanıtla Beni, Rüzgâr Ne Diyor* adlı öykü kitaplarının ardından, 2005'te *Her Sözcük Bir Tohumdur* adlı deneme kitabını yayımladı. 2006'da *Yüreğinin Götürdüğü Yere Git*'in devamı niteliğindeki *Yüreğimin Sesini Dinle*, 2011'de *Sonsuza Kadar* çıktı. Onu yine 2011'de *Var Olan Ada* izledi. Tamaro, 2013 yılında iki esere daha imzasını attı: *Her Melek Korkunçtur* ve *Via Crucis: Meditazioni e preghiere*. Yazar, çok sevdiği kedileri ve köpeğiyle birlikte Orvieto yakınlarında bulunan Porano'daki evinde yaşamaktadır.

EREN CENDEY, İtalyan Lisesi ve İstanbul Üniversitesi Edebiyat Fakültesi Felsefe Bölümü'nü bitirdi. Susanna Tamaro'nun bütün kitaplarının yanı sıra Italo Calvino, Cesare Pavese, Valerio Massimo Manfredi, Roberto Calasso, Dino Buzzati, Marlo Morgan, Daria Bignardi, Margaret Mazzantini ve Umberto Eco gibi yazarların pek çok eserini Türkçeye kazandırdı.

Pietro'ya

Oh Şiva, nedir senin gerçeğin?
Bu hayret verici evren de ne?
Tohumu yapan ne?
Evrenin tekerleğini kim çeviriyor?
Biçimlerin özünü saran
bu biçimler ötesi yaşam da ne?
Mekânın ve zamanın ötesinde
adların ve huyların dünyasına
nasıl gireriz derinlemesine
Aydınlat benim kuşkularımı

KUTSAL BİR KEŞMİR ŞİVA KİTABINDAN

Opicina, 16 Kasım 1992

Gideli iki ay oldu ve iki aydan beri, hâlâ yaşadığını bildirdiğin bir kartpostal dışında senden hiç haber almadım. Bu sabah, bahçede senin gülünün önünde durdum uzun uzun. Sonbaharın iyice ilerlemiş olmasına karşın, artık solmuş olan öteki bitkilerin arasında o eflatun rengiyle mağrur ve yapayalnız ayakta duruyor. Onu ne zaman ektiğimizi hatırlıyor musun? On yaşındaydın ve *Küçük Prens*'i henüz okumuştun. Sana sınıf geçme armağanı olarak almıştım o kitabı. Öyküye bayılmıştın. Bütün tipler arasında senin sevdiklerin gül ve tilkiydi; baobab'ı, yılanı, pilotu ve o minnacık gezegenlerinde avare oturan kendini beğenmiş boş adamları hiç sevmemiştin. Böylece bir sabah kahvaltı ederken şöyle deyiverdin: "Bir gül istiyorum." Zaten pek çok gülümüz olduğunu söyleyerek karşı çıktıysam da sende yanıt çoktu: "Ben, yalnızca bana ait olan bir gül istiyorum, ona bakmak, onu büyütmek istiyorum." Doğal olarak gülün yanı sıra bir de tilki istiyordun. Çocuklara özgü kurnazlıkla, basit arzunu, o neredeyse olanaksız olanından önce dile getirmiştin. Bir güle olur dedikten sonra seni bir tilkiden nasıl yoksun bırakabilirdim ki? Bu noktada uzun uzadıya tartıştıktan sonra bir köpek edinme konusunda anlaştık.

Onu almaya gitmeden önceki gece gözünü kırpmadın. Yarım saatte bir kapıma vuruyor, "Uyuyamıyorum," diyordun. Sabah yedide kahvaltını etmiş, yıkanmış, giyinmiştin bile; palton sırtında, koltukta oturmuş beni bekliyordun. Saat sekiz buçukta köpek çiftliğinin kapısındaydık, ama daha açılmamıştı. Sen parmaklıkların arasından bakarak, "Benimkinin hangisi olduğunu nasıl anlayacağım?" diyordun. Sesinde müthiş bir sabırsızlık vardı. Ben seni rahatlatıyordum, "Merak etme," diyordum, "Küçük Prens'in tilkisini nasıl evcilleştirdiğini hatırla."

Üç gün üst üste gittik köpek çiftliğine. İçeride iki yüzden fazla köpek vardı ve sen hepsini görmek istiyordun. Her kafesin önünde duruyor, belirgin bir kayıtsızlığa gömülüp kımıldamadan dikiliyordun orada. Bu arada köpeklerin hepsi tellere atılıyorlar, havlıyorlar, hoplayıp zıplıyor, patileri ile telleri parçalamaya çalışıyorlardı. Köpek çiftliğinin sorumlusu da yanımızdaydı. Senin bütün ötekiler gibi bir kız olduğunu düşünerek, seni heveslendirmek için bu güzel cinsleri gösteriyordu: "Şu Cocker'e bak," diyordu sana. Ya da, "Bu Lassie'ye ne dersiniz?" Yanıt olarak sen tiz bir domuzcuk sesi çıkarıyor ve onu dinlemeden yürüyüp gidiyordun. Buck'a, hacıların çile yürüyüşünü andıran bu seferlerin üçüncü gününde rastladık. Hasta köpeklerin iyileşme süreci içinde barındıkları arkadaki kafeslerin birindeydi. Kafesin önüne geldiğimizde, bütün köpekler bize doğru koşarken, o başını bile kaldırıp bakmadan yerinde kaldı. "Şu işte," diye bağırıverdin sen, minik parmağınla göstererek. "Şu köpeği istiyorum." Kadının yüzündeki müthiş şaşkınlığı hatırlıyor musun? Nasıl olup da böylesine çirkin bir köpeği sahiplenmek istediğini anlayamıyordu bir türlü. Gerçekten de Buck ufak bir hayvancıktı, ama o ufacıklığında neredeyse dünyanın bütün cinslerinin özelliklerini taşıyordu. Kurt gibi başı, av köpeği gibi düşük ve yumuşak kulakları, yere yakın köpekler gibi ince bacakları, tilki gibi tüylü kuyruğu, doberman gibi kara tüyleri vardı. Kâğıtları imzalamak üzere ofise gittiğimizde, bayan memur bize onun öyküsünü anlattı. Yaz başında hareket halindeki bir otomobilden dışarıya fırlamıştı. Yere hızla çarptığı için ağır yaralanmıştı ve bu nedenle ön ayaklarından biri cansızca sallanıyordu.

Buck şu anda yanımda. Ben yazarken arada bir iç çekiyor ve burnunun ucunu bacağıma yaklaştırıyor. Burnu ve kulakları artık neredeyse bembeyaz oldu ve gözlerinin üzerinde yaşlı köpeklere özgü perde belirdi. Ona bakmak hüzünlendiriyor beni. Sanki yanımda senden bir parça varmış gibi geliyor, hem de senin en sevdiğim parçan bu, hani yıllar önce o köpek çiftliğinin iki yüz konuğu arasından en mutsuz ve çirkin olanını seçmeyi bilen parçan.

Bu aylar boyunca, evin yalnızlığı içinde aylak aylak otururken seninle birlikte geçen yıllara ait anlaşmazlıklar ve kırgınlıklar uçup gittiler. Şimdi çevrede uçuşanlar, senin ürkek ve kırılgan bir küçücük kız olduğun yıllara ait anılar. Bunları ona yazıyorum, son zamanlardaki o mağrur ve güçlü insana değil. Bunu, bana gül önerdi. Bu sabah onun yanından geçerken bana şöyle dedi: "Al kâğıdı ve ona bir mektup yaz." Biliyorum, ayrılırken yaptığımız anlaşmaya göre birbirimize yazmayacağız ve ben üzülsem de bu sözüme uyacağım. Bu satırlar asla uçup Amerika'da senin eline konmayacaklar. Döndüğünde ben artık burada olmazsam, benim yerime bu mektuplar bekleyecekler seni. Neden mi böyle söylüyorum? Çünkü aradan bir ay bile geçmeden, hayatımda ilk kez ağır biçimde hastalandım. Bu yüzden şimdi birçok olasılık arasında şu da var: altı-yedi ay sonra burada olup sana kapıyı açamayabilir, seni kucaklayamayabilirim. Bir zamanlar bir arkadaşım, hiçbir hastalık çekmeyenlerin, beklenmedik ve şiddetli bir rahatsızlığı kaldıramadıklarını söylemişti. Bana da tam olarak böyle oldu: Bir sabah gülü sularken, ansızın birileri ışığı söndürdü. Bahçeleri ayıran çitin ötesinde duran Signore Razman'ın karısı beni görmeseydi, eminim sen şu anda öksüz kalmıştın. Öksüz mü? İnsanın ninesi ölünce böyle denir mi? Pek emin değilim. Belki de nineler ve dedeler, kayıpları adlandırmaya değmeyecek aksesuarlar olarak görülüyorlardır. İnsan dedesinden ve ninesinden, ne öksüz, ne yetim, ne de dul kalır. Onları uzun yolun bir yerinde doğallıkla, dalgınlıkla, sanki bir şemsiye unutur gibi bırakırız.

Hastanede uyandığımda kesinlikle hiçbir şey hatırlamıyordum. Gözlerim kapalıyken kedi bıyığı gibi ince ve uzun bıyıklarımın çıktığını sandım, ama gözlerimi açar açmaz bunların yalnızca iki minik plastik tüp olduğunu anladım; burnumdan çıkıp dudaklarımın üzerinden aşağı iniyorlardı. Çevremde yalnızca tuhaf makineler vardı. Birkaç gün sonra normal bir odaya geçtim, burada iki kişi daha yatıyordu. Oradayken, bir öğleden sonra Signore Razman ve karısı beni ziyarete geldiler. "Hayatta kalmanızı," dediler bana, "deliler gibi havlayan köpeğinize borçlusunuz."

Ayağa kalkabildikten sonra, bir gün odaya öteki vizitelerde de gördüğüm genç bir doktor geldi. Bir iskemle alıp yatağımın yanına oturdu. "Mademki size bakacak ve karar verecek akrabalarınız yok," dedi, "hiç aracı koymadan, içtenlikle konuşacağım sizle." Konuşuyordu, o konuşurken ben ona bakıyor, ama dinlemiyordum. İncecik dudakları vardı ve bildiğin gibi ince dudaklı insanlardan hiçbir zaman hoşlanmamışımdır. Ona kalırsa, sağlık durumum o kadar kötüydü ki, eve dönmeme bile izin vermeyecekti. Doktor bana hemşirelerin gözetiminde yaşayabileceğim birkaç pansiyonun adını saydı. Yüzümün ifadesinden bir şeyler sezmiş olacak ki, hemen ekledi: "O eski huzurevleri gibi sanmayın, şimdi her şey bambaşka, aydınlık odalar ve gezip dolaşılacak bahçeleri var." "Doktor," dedim sonunda, "Eskimoları bilir misiniz?" "Tabii bilirim," dedi ayağa kalkarken. "İşte, bakın ben onlar gibi ölmek istiyorum." Bir şey anlamadığını görünce ekledim: "Ben beyaz duvarlı bir odada, bir yatağa bağlanıp bir yıl daha yaşamaktansa, bostanımdaki kabakların arasına yüzüstü düşmeyi yeğlerim." O arada doktor kapının yanına gitmişti bile. Fesatça gülümsüyordu. "Hep böyle söylerler," dedi odadan çıkmadan önce, "ama son dakikada tedavi olmak için buraya koşarlar, üstelik yaprak gibi titrerler."

Üç gün sonra, ölümüm halinde sorumluluğun bana, yalnızca bana ait olduğunu belirten gülünç bir belge imzaladım. Bunu minik kafalı, iki kocaman altın küpeli genç bir hemşireye teslim ettikten sonra bir-iki parça eşyamı naylon bir torbaya koyup taksi durağına doğru yola koyuldum.

Buck, beni bahçe kapısında görür görmez deliler gibi koşmaya başladı; sonra sevincini vurgulamak için, havlayarak iki-üç çiçek tarhını mahvetti. Bu kez ona kızmak gelmedi içimden. Toprak bulaşmış burnuyla bana sokulunca ona, "Gördün mü eski dostum, gene birlikteyiz!" dedim ve kulaklarının arkasını kaşıdım.

Sonraki günlerde hemen hemen hiçbir şey yapmadım. O düşmeden beri bedenimin sol yanı emirlerime eskisi gibi uymuyor. Özellikle de elim çok yavaşladı. Hep onun kazanmasına öfkelendiğim için, onu sağ elimden daha çok kullanmaya çalışıyorum. Bileğime pembe bir kurdele bağladım, böylece uzanıp bir şey alacağım zaman sağ elimi değil de solu kullanmam gerektiğini hatırlıyorum. Bedenin işlevini yerine getirdiği sürece onun ne kadar büyük bir düşman olabileceğini fark edemiyorsun, ama ona bir an için karşı koymaya kalkınca, yenildiğimi görüyorum.

Her neyse, bağımsızlığım kısıtlandığı için bir anahtar da Walter'ın karısına verdim. Bana her gün uğruyor ve istediklerimi alıp getiriyor.

Ev ile bahçe arasında mekik dokurken, seninle ilgili düşünceler ısrarcı, hatta gerçek bir saplantı halini aldılar. Pek çok kez telefona gittim, sana bir telgraf gönderme niyetiyle ahizeyi kaldırdım. Ama santral sesimi duyar duymaz kararımdan vazgeçiveriyordum. Akşamları koltuğuma oturduğumda –karşımda boşluk, çevremde sessizlik– hangisinin daha doğru olacağını soruyordum kendime. Doğal olarak benim için değil de senin için neyin doğru olacağını... Benim için elbette yanımda sen varken bu dünyadan çekip gitmek en güzeli olurdu. Eminim, seni hastalığımdan haberli kılsaydım, sen Amerika'da yaşamayı bırakır, buraya koşardın. Ya sonra? Sonra belki ben üç-dört yıl daha yaşardım, belki de tekerlekli iskemleye bağlanırdım, belki bunardım ve sen, görevin olduğu için bana bakardın. Bunu içtenlikle yapardın, ama zamanla bu içtenlik öfkeye, hınca dönüşürdü. Hınçlanırdın, çünkü yıllar geçer ve sen gençliğini boşa tüketiyor olurdun, çünkü benim sevgim bir bumerang etkisiyle senin yaşantını bir çıkmaz sokağa dönüştürürdü. İşte, sana telefon etmek istemeyen içimdeki ses böyle söylüyordu. Tam onun haklı olduğuna karar verdiğim an kafamda karşıt bir ses beliriyordu. Kendi kendime şunu soruyordum: Ya sen kapıyı açtığın an benim ve sevinçle zıplayan Buck yerine bir süredir yaşanmayan bomboş bir ev bulursan ne yapardın? Amacına ulaşmamış bir dönüşten daha korkunç ne olabilir? Ya oradayken benim ölümümü bildiren bir telgraf alsan, benim sana ihanet etmiş gibi olduğumu düşünmez miydin? Ya da seninle inatlaştığımı? Mademki sen son aylarda bana böyle kaba davrandın, ben de sana haber vermeden çekip giderim işte! Bu bir bumerang değil, ancak bir girdap sayılırdı ve sanırım, böyle bir şeyi atlatmak kolay olmazdı. Sevdiğin insana söylemek istediklerin sonsuza dek içinde kalır; o, toprağın altındadır, artık onun gözlerinin içine bakamazsın, kucaklayamazsın, ona henüz söylemediklerini söyleyemezsin.

Günler geçiyor ve ben hiçbir karar alamıyordum. Sonra işte bu sabah, gül bunu önerdi: Ona bir mektup yaz, onunla yarenlik ettiğin günlere ait küçük bir günce tut, dedi. Ve işte şimdi burada mutfaktayım, önümde senin eski bir defterin, ödevlerini yaparken zorlanan bir çocuk gibi kalemimin ucunu kemiriyorum. Bir vasiyet mi bu? Hayır, öyle sayılmaz, daha çok seni yıllarca izleyecek, beni yakınında hissetmek isteyince okuyabileceğin bir şeyler. Korkma, sana ne vaaz vereceğim, ne üzeceğim, yalnızca bir zamanlar ikimizi sarmalayan ve son yıllarda yitirdiğimiz o içtenlikle, seninle biraz çene çalacağım. Çok uzun yaşadığım ve pek çok kişi yitirdiğim için artık biliyorum ki ölüler yokluklarıyla değil de –onlarla bizim aramızda– söylenemeden kalan sözler yüzünden keder verirler asıl.

Biliyorsun, ben ileri yaşlarımda genellikle nine olunan yaşta, annelik yapmaya başladım. Bunun pek çok yararı oldu. Sana yararı oldu, çünkü bir nine-anne, her zaman bir anne-anneden daha iyi ve dikkatlidir; bana yararlı oldu, çünkü yaşıtlarımla bir el kanasta oynayıp kulüpte bir öğle sonrasında zaman öldürüp iyice sersemlemektense, zorunlu olarak yeniden yaşamın akışına ayak uydurmak zorunda kaldım. Ama bir noktada bir şeyler koptu. Kabahat ne benim ne de senindi, yalnızca doğanın yasalarındaydı.

Çocukluk ve yaşlılık birbirine benzer. Her iki durumda da, değişik nedenlerle, insan oldukça savunmasız olur; hâlâ –ya da artık– etkin yaşantının bir parçası değildir, bu da korunaksız, açık bir duyarlılıkla yaşamaya yol açar. Bedenimizin çevresinde görünmez bir zırh oluşması ergenlik döneminde başlar. Bu zırh bu dönemde oluşur ve ergin yaşam boyunca kalınlaşır. Gelişimi biraz da incininkine benzer, yara ne denli büyük ve derinse, çevresinde oluşan zırh da o kadar güçlü olur. Ama sonra zamanla, çok uzun süre giyilen bir giysi gibi en çok kullanılan yerlerinden yıpranır, dikişleri atar ve ani bir hareket sonucu yırtılır. Başlangıçta hiçbir şey fark etmezsin, zırhının hâlâ seni sıkıca sardığını sanırsın, ama bir gün birdenbire, aptalca bir şey karşısında bir çocuk gibi nedenini bilemeden ağlamaya başlarsın.

İkimizin arasında doğal bir fark oluştu derken, işte bunu söylemeye çalışıyordum. Senin zırhının oluşmaya başladığı dönemde, benimki çoktan lime lime olmuştu. Sen benim gözyaşlarıma katlanamıyordun, ben de senin bu ani katılığına. Her ne kadar ergenlikte senin huy değiştireceğine kendimi hazırladıysam da, bu değişiklik ortaya çıktığında, buna katlanmak bana çok zor geldi. Karşımda birden bire yepyeni biri vardı ve ben bu insana nasıl davranmam gerektiğini artık bilemiyordum. Akşamları, yatakta düşüncelerimi şöyle bir toparlayıp gözden geçirince, sana olanlar beni mutlu ediyordu. Kendi kendime diyordum ki, zarar ziyan görmeden ergenlik yaşayanlar hiçbir zaman gerçekten büyük insan olamazlar. Ama sabah, sen suratıma kapıyı çarpınca, Tanrı'm ne üzülüyordum, nasıl ağlamak istiyordum! Sana kafa tutabilecek gücü nereden bulacağımı bilemiyordum. Sen de seksen yaşına gelirsen, göreceksin ki insan bu yaşta kendini eylül sonunda bir yaprak gibi hissediyor. Gün ışığı daha kısa sürüyor ve ağaç, besleyici maddeleri yavaş yavaş kendine doğru çekmeye başlıyor. Ağacın gövdesi azotu, klorofili, proteinleri emiyor ve böylece ne yeşillik kalıyor, ne canlılık. Hâlâ bir dala takılı kalıyorsun ama artık düşmen an meselesi oluyor. Yakınlardaki yapraklar birbiri ardına düşüyor, sen onların düşüşünü seyrediyorsun, rüzgâr çıkacak korkusu içinde yaşıyorsun. Benim için rüzgâr sendin, senin ergenliğinin o kavgacı canlılığıydı. Sen hiç bunu fark ettin mi bir tanem? İkimiz de aynı ağacın üstünde yaşadık, ama öyle değişik mevsimlerde ki!

Senin, yola çıktığın gün geliyor aklıma, ikimiz de ne kadar sinirliydik değil mi? Seni havaalanında geçirmemi istemedin, sana yanına alman için herhangi bir şeyi hatırlattığımda bana: "Amerika'ya gidiyorum, çöle değil," diyordun. Kapıda sana o çok çirkin tiz sesimle, "Kendine iyi bak," diye bağırdığımda, sen arkanı bile dönmeden benimle şöyle vedalaştın: "Buck'a ve güle iyi bak."

Biliyor musun senin bu vedan beni biraz hayal kırıklığına uğrattı o an. İhtiyar bir duygusal olarak hani bir öpücük ya da sevecen bir cümle gibi daha değişik, daha sıradan bir şey bekliyordum. Ancak akşam olduğunda uyku tutmadığından boş evin içinde sabahlıkla gezinirken, Buck'a ve güle bakmakla, benim yanımda kalan senin o mutlu yanına iyi bakmak arasında bir fark olmadığının bilincine vardım. Ve anladım ki o kuru vedalaşmanın nedeni duyarsızlık değil, ağlamaya hazır bir insanın aşırı gerginliğiydi. Hani sana daha önce sözünü ettiğim o zırh işte. Seninki şimdi öylesine sıkı ki neredeyse nefes almakta bile zorlanıyorsun. Sana son zamanlarda ne diyordum anımsıyor musun? Akmayan gözyaşları kalpte birikirler, zamanla kabuk tutarlar ve kirecin çamaşır makinesini tıkaması gibi kalbi tıkayıp felç ederler.

Biliyorum, benim ancak mutfak evreninden bulup verebildiğim örnekler seni güldürmek yerine kızdırıyordur. Ne yapalım, herkes en iyi tanıdığı dünyadan esinlenir.

Şimdi seni bırakmak zorundayım. Buck iç çekiyor ve yalvaran gözlerle bakıyor. O da doğanın düzenine ayak uyduruyor. Her mevsimde, yemek saatini bir İsviçre saati dakikliği ile bilebiliyor.

18 Kasım

Bu gece çok yağmur yağdı. Öylesine şiddetliydi ki, pek çok kez kepenklere vuran damlaların sesiyle uyandım. Bu sabah, havanın hâlâ kötü olacağını düşünerek açtım gözlerimi ve uzun süre yorganın altından çıkmadım. Her şey yıllarla nasıl da değişiyor! Senin yaşındayken kış uykusuna yatan hayvanlar gibiydim, beni kimse rahatsız etmese, öğle yemeğine kadar bile uyurdum. Oysa şimdi, tan yeri ağarmadan uyanıyorum. Böylece de günler uzadıkça uzuyor, bitmek bilmiyor. Bütün bunda bir acımasızlık yok mu? Üstelik sabah saatleri çok daha korkunç, oyalanacak hiçbir şey yok, orada öylece oturuyorsun ve düşüncelerin geçmişe kayıp gidiyor. Bir yaşlının düşüncelerinde gelecek yoktur, daha çok kederli ya da en azından hüzünlüdürler. Doğanın bu tuhaflığıyla ilgili olarak kendimi çok sık sorguladım. Geçen gün televizyonda gördüğüm bir belgesel de düşündürdü beni. Hayvanların düşlerinden söz ediyordu. Zoolojik hiyerarşide kuşlardan yukarıya doğru bütün hayvanlar çok düş görürler. Serçelerden güvercinlere, sincaplardan tavşanlara, köpeklerden çayırlara uzanmış ineklere dek hepsi düş görüyor. Görüyor, ama hepsi aynı biçimde değil. Doğası gereği av olan hayvanların düşleri kısa sürüyor, gerçek anlamda bir düş değil de bir görüntü yalnızca. Oysa avcılar karmaşık ve uzun düşler görürler. "Hayvanlar için," diyordu spiker, "düş etkinliği, hayatta kalabilme stratejilerini düzenlemek için bir yoldur; avlanan, besinini sağlayabilmek için her zaman yeni yöntemler geliştirmelidir, av olan ise –o genellikle besinini otlardan sağlar– yalnızca en çabuk nasıl kaçabileceğini düşünür. Sözgelimi antilop uykusunda önünde uzanan açık savanı görür; aslansa sürekli ve değişen sahnelerle antilobu yiyebilmek için yapması gereken her şeyi. Demek ki, dedim kendi kendime, insan gençken etoburdur, yaşlılıkta otobur. Çünkü yaşlılıkta az uyumanın yanı sıra düş de görülmez oluyor ya da sonradan anımsanmıyor. Oysa çocukken ve gençken hem çok düş görülüyor hem de bu düşler doğan günün nasıl geçeceğini belirliyor. Son aylarda sabah uyanır uyanmaz nasıl ağladığını anımsıyor musun? Kahve fincanının önünde oturuyordun, gözyaşların sessizce yanaklarından süzülüyordu. "Neden ağlıyorsun?" diye soruyordum, ama sen avutulmaz bir biçimde öfkeyle: "Bilmiyorum," diyordun. Senin yaşında, insanın içinde derleyip toplayacağı çok şeyi, tasarıları vardır ve bu tasarılarda da güvensizlikleri. İnsanın bilinçsiz yanının bir düzeni ya da açık seçik bir mantığı yoktur; kişi, günlük dertlerin şişmiş, biçimsizleşmiş kalıntılarıyla en derin amaçları birbirine karıştırır, bu derin amaçların arasına da bedenin gereksinmelerini sıkıştırır. Böylece insan acıkınca sofraya oturduğunu, ama yiyemediğini, üşüyünce Kuzey Kutbu'nda olduğunu ve paltosu bulunmadığını, biraz kaba davranınca hemen kana susamış bir savaşçı olduğunu görür düşünde.

Sen oralarda kaktüsler ve kovboylar arasında ne düşler görüyorsun bilmek isterdim. Acaba arada bir Kızılderililer gibi giyinmiş olarak ben de çıkıyor muyum ortaya? Ya Buck, çıplak Koyote çakalları arasında görünüyor mu? Özlüyor musun? Bizi düşünüyor musun?

Biliyor musun, dün akşam koltukta oturmuş okurken, aniden odada ritmik bir ses duydum, başımı kitabımdan kaldırınca Buck'un uyurken kuyruğunu yere vurduğunu gördüm. Yüzündeki mutlu ifadeye bakılırsa eminim karşısında seni görüyordu, belki yeni dönmüştün, sana sevincini gösteriyordu ya da birlikte yaptığınız o güzel gezintilerden birini anımsıyordu. Köpekler insan duygularına karşı öyle duyarlıdırlar ki, birlikte bunca zaman geçirince biz de neredeyse aynı olduk. Bu nedenle pek çok kişi onlardan nefret ediyor. Bilmezlikten gelmeyi yeğledikleri pek çok şeyin onların ürkek gözlerinde yansımasından hoşlanmıyorlar. Buck şu ara seni sık sık düşünde görüyor. Ben bunu başaramıyorum ya da belki de görüyorum da anımsayamıyorum.

Ben küçükken, halalarımdan biri dul kalınca bir süre bizde kalmıştı. İspritizmaya meraklıydı, annem babam ortalarda görünmez olunca en karanlık ve gizli köşelerde beni zihnin olağanüstü güçleri konusunda eğitmeye çabalardı. "Uzaktaki bir insanla ilişki kurmak istiyorsan," derdi bana, "eline onun bir fotoğrafını almalı, üç adımda bir haç çizmeli ve sonra 'işte buradayım' demelisin." Ona kalırsa bu yöntemle istediğin kişiyle telepatik iletişim kurulabilirdi.

Bugün öğleden sonra, sana yazmaya koyulmadan önce işte ben de bunları yaptım. Saat beş sularıydı, senin oralarda sabah olmalıydı. Beni gördün mü? Duydun mu? Ben seni o aydınlık, duvarları fayanslı barların birinde köfteli sandviç yerken fark ettim, o çok zevkli kalabalığın içinde seni hemen seçtim, çünkü sana son ördüğüm kırmızı mavi geyikli kazağı giymiştin. Ama görüntü öyle kısa sürdü ki, öylesine televizyon filmi gibiydi ki, gözlerindeki ifadeyi görebilecek zamanım olmadı. Mutlu musun? Her şeyden çok bunu merak ediyorum.

Anımsıyor musun, senin bu yurtdışı eğitiminin parasını benim ödememin doğru mu yanlış mı olacağını ne çok tartıştık? Sen bunun mutlaka gerekli olduğunda diretiyordun, büyümek ve zihnini açmak için gitmeli, büyüdüğün bu boğucu yerden uzaklaşmalıydın. Liseyi yeni bitirmiştin, büyüyünce ne yapacağın konusunda derin bir karanlığın içine gömülmüştün. Küçükken üç tutkun vardı: Veteriner, kâşif ve yoksul çocukların doktoru olmak istiyordun. Bu isteklerinden kırıntı bile kalmadı sonra. Başlangıçta arkadaşlarına karşı sergilediğin o açıklık, yıllar geçtikçe kapandı; insan sevgisi, paylaşma arzusu, kısa zamanda kayıtsızlığa, derbederliğe, yalnızlığa ve mutsuz geleceğine yönelik yoğun bir saplantıya dönüştü. Televizyonda özellikle vahşi bir sahne görünce bende uyanan acıma duygularıyla alay ederek, "Bu yaşta hâlâ neye şaşıyorsun? Dünyayı yönetenin, türlerin ayıklanması olduğunu öğrenemedin mi daha?" diyordun.

Başlangıçta senin bu türden yargıların beni soluksuz bırakıyordu, yanımda bir canavar oturduğunu sanıyordum; gözümün ucuyla seni süzerek nereden çıktığını soruyordum kendime; benim verdiğim örneklerle, böyle mi yetiştirmiştim seni? Sana hiç yanıt vermedim ama artık diyalog döneminin kapandığını seziyordum, sana ne söylersem söyleyeyim bir tartışma çıkacağı belliydi. Bir yandan kendi kırılganlığımdan korkuyordum, boşu boşuna yıpranacaktık, bir yandan da açık bir tartışma senin asıl aradığın şeydi, ilk tartışmayı başka tartışmalar izleyecekti, bunlar giderek artacak, giderek şiddetlenecekti. Senin sözlerinin altında enerjinin, kibirli bir enerjinin kaynadığını hissediyordum, her an patlamaya hazır bu volkanı sen zor tutuyordun; benim bu sivri uçları köreltme çabam, saldırılar karşısındaki kayıtsızlık numaralarım seni başka yollar aramaya itti.

Bunun üzerine beni gitmekle, hiç haber vermeden hayatımdan çıkmakla tehdit ettin. Belki de umutsuzluğumu, yaşlı bir kadının acıklı yalvarışlarını görmek istiyordun. Sana buralardan ayrılmanın çok iyi bir düşünce olduğunu söyleyince şaşırıverdin, sendeledin; hani avını yutmak üzere başını kaldırıp ağzını açmış bir yılanın, karşısında bir şey kalmadığını fark edivermesi gibi kalakaldın. Bunun üzerine barışmaya çalıştın, öneriler yapmaya başladın, pek çok değişik ve kararsız denemeden sonra, günün birinde kahve fincanının önünde otururken yeni bir güvenle bildirdin: "Amerika'ya gidiyorum."

Bu kararını da ötekiler gibi küçük bir ilgiyle karşıladım. Düşünceni onaylayarak seni aceleye getirip, derinlemesine düşünmediğin kararlar almanı istemiyordum. Sonraki haftalarda hep Amerika düşüncesinden söz etmeyi sürdürdün. "Bir yıllığına oraya gidersem," diye yineliyordun tutkuyla, "hiç olmazsa bir dil öğrenirim ve zaman yitirmemiş olurum." Sana zaman yitirmenin hiç de kötü bir şey olmadığını hatırlattığım zaman müthiş irkiliyordun. En çok da, hayatın bir koşu değil, hedefi vurmak olduğunu söylediğimde dehşete kapıldın; önemli olan zamandan tasarruf değil, bir hedef bulmaktır. Sofradaki iki fincanı da kolunun ani bir hareketiyle havaya uçurdun, sonra da ağlamaya başladın. "Sen aptalın tekisin," diyordun yüzünü ellerinin arkasına saklayarak. "Aptalsın. Benim tek isteğimin bu olduğunu anlamıyor musun?" Haftalarca, toprağa mayın döşeyip, üzerine basmamaya çalışan askerler gibi davrandık. Nerede olduğunu, ne olduğunu biliyorduk, uzağından geçiyor, başka bir şeyden korkuyormuş gibi davranıyorduk. Mayın patladığında, sen ağlayıp hıçkırarak, bir şey anlamıyorsun, asla anlamayacaksın derken, nasıl kırıldığını sezdirmemek için ne çok çaba harcadın bir bilsen. Annenden, sana gebe kalışından, ölümünden, bütün bunlardan sana hiç söz etmedim; ben sustukça sen de bu konular benim için önemsiz, unutulmuş sandın. Ama senin annen benim kızımdı, bunu hiç hesaba katmıyorsun. Ya da hesaba katıyorsun da bana bunu söylemektense, içinde saklıyorsun. Yoksa senin bazı bakışlarını, bazı nefret dolu sözlerini başka türlü açıklayamam. Sende annen konusunda onun bıraktığı boşluktan başka bir anı yok. O öldüğü gün çok küçüktün. Oysa, ben belleğimde otuz üç yılın anılarını saklıyorum, otuz üç yıl ve onu karnımda taşıdığım dokuz ay.

Bu konuda kayıtsız olabileceğimi nasıl düşünebilirsin?

Konuyu başlangıçta açmamamın nedeni olarak benim tarafımdan temkin ve biraz da bencillik gösterilebilir. Temkin, çünkü ondan söz ederken, kendimden, benim gerçek ya da hayali suçlarımdan başlamalıydım işe; bencillik, çünkü umut ediyordum ki benim sevgim, onun yokluğunu hissettirmeyecek kadar engindir. Senin günün birinde onun özlemini ve bana, "Benim annem kimdi, neden öldü?" diye sormanı engellemek istedim.

Sen çocukken birlikte mutluyduk. Neşeli bir çocuktun ve bu neşenin içinde yüzeysel, hesaplı bir şey yoktu. Bu neşenin ardında bir kırıklık pusuda yatardı ve sen kahkahalardan sessizliğe şaşılacak bir kolaylıkla geçerdin. "Ne var, ne düşünüyorsun?" diye sorunca, sen sanki ikindi kahvaltısından söz eder gibi doğallıkla yanıtlardın: "Acaba gökyüzünün sonu var mı, yoksa sonsuza dek uzanıyor mu?" Böyle olmaktan gurur duyardın, duyarlılığın benimkine benziyordu. Kendimi senden büyük ya da uzak değil de seninle suç ortağı gibi hissediyordum. Sanıyordum ki, inanmak istiyordum ki, bu hep böyle sürecek. Ne yazık ki sabun köpüklerine takılıp havalarda uçmuyoruz mutluluk içersinde; yaşamlarımızda hep bir önce ve sonra var ve bu önce ile sonra, bir av üzerine atılan ağ gibi konuyor üzerimize. Babaların günahını evlatları çeker denir. Doğrudur, çok doğru, dedelerinkini torunları, büyükdedelerinkini torun çocukları çeker. Bazı gerçekler içlerinde bir kurtuluş duygusu taşırlar, bazıları da korku duygusu uyandırır. Bizimkisi işte ikincisine uyuyor. Günahlar zinciri nerede sona eriyor? Kabil'de mi? Her şey bu kadar geriye uzanabilir mi? Bütün bunların ardında yatan bir şeyler mi var? Bir zamanlar okuduğum bir Hint kitabına göre bütün güç kaderin elindedir, irade gücü yalnızca bir bahanedir. Bunu okuduktan sonra içimi müthiş bir huzur kaplamıştı. Ne var ki ertesi gün birkaç sayfa daha okuyunca, kaderin geçmişteki davranışlarımızın bir sonucu olarak oluştuğunu, kaderimizi kendi ellerimizle bizim çizdiğimizi gördüm. Böylece başlangıç noktasına geri döndüm. Bu düğümün çözüm noktası neredédir diye sordum kendime. İpin hangi ucu çözer yumağı? Bir ip mi yoksa zincir mi söz konusu? Kesilip koparılabilir mi, yoksa bizi sonsuza dek sarıp sarmalar mı?

Ben onu kesiyorum. Artık aklım eskisi gibi değil, düşüncelerim var kuşkusuz, düşünme biçimim değişmedi, ama zihnimi uzun süre canlı tutmak bayağı emek istiyor. Şimdi yoruldum, gençken felsefe kitabı okurken olduğu gibi başım dönüyor. Olmak, olmamak, sonsuzluk, derken birkaç sayfa sonra dağ yollarında at arabasıyla gezmişim gibi sersem olurdum. Şimdilik senden ayrılıyorum, salondaki o sevgili ve nefret edilesi kutunun önünde boş boş oturmaya gidiyorum.

20 Kasım

Yeniden buradayım. Bugün buluşmamızın üçüncü günü. Ya da daha doğrusu dördüncü gün, üçüncü buluşma. Dün öylesine yorgundum ki hiçbir şey yazacak halim yoktu, hatta okuyamadım bile. Huzursuz ve ne yapacağını bilemez halde bütün bir gün evle bahçe arasında dolaşıp durdum. Hava oldukça yumuşaktı ve en sıcak saatlerde bankta oturdum. Çevremde otlar da, çiçek tarhları da alabildiğine düzensizdiler. Onlara bakarken aklıma dökülen yapraklar yüzünden ettiğimiz kavga geldi. Ne zamandı? Geçen yıl mı? İki yıl oldu mu? Geçmek bilmeyen bir bronşit olmuştum, yapraklar çoktan dökülmüşlerdi, rüzgârla şuraya buraya dağılıyorlardı. Pencereden bakınca nasıl üzülmüştüm, gökyüzü kurşuni renkteydi, dışarıda müthiş bir terk edilmişlik havası vardı. Senin odana geldim, kulaklıklarla yatağına uzanmıştın. Senden yaprakları toplamanı rica ettim. Sesimi sana duyurabilmek için birkaç kez daha yüksek tondan yinelemek zorunda kaldım sözlerimi. Omuzlarını silkerek, "Peki, neden?" dedin. "Doğada kimse onları toplamaz, onlar da çürür gider, bu da en iyisidir." O dönemde doğa senin en büyük dostundu, her şeyi onun yıkılamaz yasaları ile açıklıyordun. Sana bahçenin evcilleştirilmiş bir doğa parçası olduğunu, bir doğa-köpek gibi her yıl efendisine daha çok benzediğini ve gerçekten bir köpek gibi sürekli bakım istediğini anlatmaktansa salona çekilip başka bir söz etmedim. Az sonra buzdolabından yiyecek bir şey almaya gittiğinde, önümden geçerken ağladığımı gördün, ama önemsemedin. Akşam yemeği saati gelince burnunu gene çıkardın odandan ve, "Ne yeniyor?" diye sorduğun zaman hâlâ aynı yerde oturup ağladığımı fark ettin. Bunun üzerine mutfağa girip ocakları yakmaya başladın. "Ne istersin?" diye sesleniyordun odadan oda-ya, "Çikolatalı muhallebi mi, omlet mi?" Üzüntümün gerçek olduğunu anlamıştın ve şirin olmaya, bir şekilde gönlümü almaya çalışıyordun. Ertesi sabah kepenkleri açar açmaz seni çimenlerin üzerinde gördüm, bardaktan boşanırcasına yağmur yağıyordu, sırtında sarı muşamba yağmurluğun vardı ve yaprakları tırmıkla topluyordun. Saat dokuza doğru içeri döndüğünde, bir şey yokmuş gibi davrandım, çünkü seni iyi olmaya iteleyen o huyundan nefret ettiğini biliyordum.

Bu sabah hüzünle çiçek tarhlarına bakarken hastalığım süresince ve sonra bakımsızlaşan bahçe için birini çağırmam gerektiğini düşündüm. Bunu hastaneden çıktığımdan beri düşünüyorum, ama bir türlü beceremiyorum. Yıllar geçtikçe bahçemi müthiş kıskanır oldum, yıldız çiçeklerimi sulamaktan, daldan ölü yaprakları koparmaktan dünyada vazgeçmem. Çok tuhaf, çünkü gençken bahçeye bakmak beni sıkardı; bir bahçe sahibi olmak bana bir ayrıcalıktan çok, angarya gibi gelirdi. Bir-iki gün elimi üzerinden çeksem büyük zahmetlerle ulaştığım sonuç yeni baştan bir karmaşaya dönüşüveriyordu. Bu karmaşa da beni her şeyden çok rahatsız ediyordu. İç dünyam düzenli değildi, bu yüzden içimde kaynayan karışıklığı dış dünyada görmek beni rahatsız ediyordu. Sana yaprakları topla derken bunu hatırlamalıydım.

Bazı şeyler var ki ancak belli bir yaşta anlaşılabiliyor,

daha önce değil; evle ilişkiler, evin içinde ve dışında olanlar da böyle işte. Altmış-yetmiş yaşında anlıyorsun ki bir bahçe ve bir ev, rahatın için, rastlantı sonucu ya da şıklık olsun diye yaşadığın yerler değildir ama onlar senin bahçen ve evindir. Kabuğu nasıl midyenin bir parçasıysa onlar da senin bir parçandır. Sen o kabuğu kendi salgılarınla oluşturdun, içindeki kıvrımlarda senin öykün var, bu kabuk-ev seni sarmalar, senin üzerindedir, çevrendedir, belki ölüm bile onları senin varlığından, onların içinde yaşadığın sevinçten, kederinden ayırmayacaktır.

Dün akşam canım okumak istemediğinden televizyon seyrettim. Seyrettim demeyeyim de dinledim, çünkü yarım saat sonra içim geçti. Sözlerin ancak yarısını işitiyordum, hani trende uyuyakalırsın da öteki yolcuların konuşmaları sana kesik kesik ve anlamsız gelir ya, öyle. Bu bin yılın sonunda ortaya çıkan tarikatlerle ilgili bir araştırma yayınlıyorlardı. Gerçek ve sahte şeyhlerle konuşuyorlardı, onların sözcük ırmağından *karma* sözcüğü ulaştı kulağıma. Bunu duyar duymaz aklıma lisedeki felsefe öğretmenimin yüzü geldi.

Gençti ve o dönemler için kuraldışı biriydi. Schopenhauer'i anlatırken biraz Doğu felsefelerinden söz etmiş ve bizi *karma* kavramı ile tanıştırmıştı. O zaman pek dikkatimi vermemiştim, bu sözcük ve kavram bir kulağımdan girip ötekinden çıkmıştı. Yıllar boyunca *karma*'yı sanki bir tür intikammış gibi algılamıştım. Hani göze göz, dişe diş ya da ne ekersen onu biçersin gibi. Ne zaman ki anaokulunun öğretmeni, senin tuhaf davranışların nedeniyle benimle konuşmak istedi, işte o zaman *karma* –ve ona bağlı kavramlar– yeniden zihnime üşüştü. Bütün anaokulunu telaşa vermiştin. Birdenbire, serbest anlatı saatinde, geçmiş yaşantını anlatmaya başlayıvermiştin. Öğretmenler ilk önce sıra dışı bir çocukla karşı karşıya olduklarını düşünmüşlerdi. Senin bu öykünü geçiştirmeye çalışmışlardı. Ama sen kanmayıp kimsenin bilmediği bir dilden sözcükler bile sıralamıştın. Olay üçüncü kez tekrarlanınca, okulun yöneticisi tarafından çağrılmıştım. Senin ve geleceğinin iyiliği için seni bir psikoloğa götürmemi önerdiler. "Yaşadığı travma nedeniyle," diyorlardı, "böyle davranması doğal, gerçeği görmezden gelmeye çalışıyor." Elbette seni psikoloğa götürmedim, bana göre mutlu bir çocuktun, bence hayal dünyan şimdiki bir rahatsızlık nedeniyle değil, olayların değişik düzeniyle ilgili olarak böyle zengindi. Bu olaydan sonra seni hiç sorgulamadım, senden de böyle bir istek gelmedi. Belki de o şaşkına dönmüş öğretmenler karşısında anlattıklarını aynı gün unutmuştun bile.

Son yıllarda bu tür konulardan söz etmek çok moda oldu gibi geliyor bana: Eskiden pek az kimse konuşurdu böyle şeyleri, oysa şimdi herkesin diline düştü. Bir süre önce gazetede okuduğuma göre, yeniden doğuş konusunda çalışan dernekler varmış. İnsanlar bir araya toplanıp bir önceki hayatlarından konuşuyorlarmış. Sözgelimi bir ev kadını şöyle diyor: "1800'lerde New Orleans'da yaşayan bir sokak kadını idim, bu yüzden şimdi kocama sadık kalamıyorum." Öte yandan ırkçı bir benzinci bu nefretini XVI. yüzyılda bir görev sırasında yamyamlar tarafından yenmesine bağlıyor. Ne hazin saçmalıklar! Kendi kültürünün köklerini yitirenler, şimdinin kararsızlığını ve gri rengini önceki yaşamlarla açıklamaya çalışıyorlar. Yaşamların dönüşümünün bir anlamı varsa, eminim bambaşka bir anlamdır bu.

O anaokulu döneminde seni daha iyi anlayabilmek, birkaç şey daha öğrenebilmek için kitaplar edinmiştim. İşte o kitapların birinde, önceki yaşamlarını ayrıntıları ile anımsayan çocukların, o yaşamın sonunda şiddetli ve erken bir biçimde ölmüş oldukları anlatılıyordu. Senin çocukluğunun bazı deneyimlerinin açıklanamayan saplantıları –borulardan çıkan gaz, her şeyin bir anda patlayabileceği korkusu– beni bu tür bir düşünceye yöneltmişti. Yorulunca, gerginken ya da uykun kaçınca mantık dışı korkulara kapılırdın. Ne kara adamdan ne de cadıdan ve kötü kurttan korkardın, ama bütün evrenin bir patlamayla yok olacağı korkusuna kapılırdın. Gece yarısı dehşet içinde odamın kapısında belirdiğinde kalkar, tatlı sözlerle seni gene odana götürürdüm. Orada yatağa uzanır, elimi tutar, sonu iyi biten masallar anlatmamı isterdin. Seni huzursuz edecek bir şey söylerim korkusuyla önce iğneden ipliğe bana konuyu verirdin, ben de senin gösterdiğin yoldan anlatırdım masalı. Bir masalı bir, iki, üç kez yinelerdim. Odama dönmek için kalktığımda senin artık rahatlamış olduğunu sanırdım, ama eşiğe vardığımda incecik sesini duyardım: "Böyle mi oluyor?" diye sorardın, "doğru mu, hep böyle mi bitiyor?" Bunun üzerine geri döner, alnından öper, öperken de şöyle derdim: "Başka türlü bitemez tatlım, sana yemin ederim."

Bazı geceler de, benim koynumda yatmana karşı çıkmama karşın –çocuklara, yaşlılarla yatmak yaramaz– seni yatağına gönderecek cesareti de bulamazdım. Komodinimin yanında varlığını hissettiğim an, sana dönmeden, "Her şey kontrol altında, hiçbir şey patlamıyor, haydi odana dön," derdim. Sonra da apansız ve derin bir uykuya dalma numarası yapardım. Senin o hafif soluğunu bir süre daha dinlerdim. Birkaç saniye sonra yatağın kenarı gıcırdar, özenli hareketlerle yanıma kıvrılır, büyük bir korkudan sonra yuvasının sıcaklığına kavuşan bir farecik gibi uyuyuverirdin. Gün doğmadan, oyunu sürdürmek için senin o sıcacık ve terk edilmiş bedenini kucağıma alır, yatağına götürürdüm ki uykunu orada tüketesin. Uyandığında bir şeyler anımsadığın pek ender olurdu, hemen her zaman bütün geceyi yatağında geçirdiğini sanırdın.

Bu korku krizleri gün ortasında tutarsa seninle tatlı tatlı konuşurdum. "Evimiz ne kadar sağlam görmüyor musun?" derdim sana, "Bak, duvarlar ne kalın, nasıl patlayıp yıkılabilir ki?" Ama benim bu rahatlatma çabalarım tümüyle yararsızdı, kocaman kocaman açtığın gözlerinle önündeki boşluğa bakarak yinelerdin: "Her şey patlayabilir."

Senin bu korkun hakkında kendi kendimi sorgulamaktan hiç vazgeçmedim. Patlama neydi? Annenle, onun ani ve hazin ölümüyle ilgili bir anı olabilir miydi? Yoksa anaokulu öğretmenlerine basit bir şeymiş gibi anlattığın önceki yaşamına ait bir olay mıydı? Yoksa belleğinin ulaşılamaz bir noktasında, bu ikisinin karışmasından oluşmuş bir korku muydu? Kim bilir? Söylenen pek çok şeye karşın, inanıyorum ki insan kafasında ışıktan çok gölge var. O günlerde aldığım kitaplar, geçmiş yaşantılarını hatırlayan çocuklara daha çok Hindistan'da ve Doğu'da, bu kavramın geleneksel olarak kabul gördüğü yerlerde rastlandığı yazıyordu. Buna inanırım doğrusu. Düşün bir kere, ben günün birinde anneme gidip de, hiç uyarmadan ona başka bir dilden konuşmaya başlasam ya da, "Sana katlanamıyorum, öteki yaşamdaki annemle daha iyiydim," desem ne olurdu. Herhalde beni akıl hastanesine kapamak için bir gün bile beklemezlerdi.

İnsanın kökenindeki çevreyi belirleyen kaderden, atalarının kan yoluyla sana bıraktıkları özelliklerden kurtulabilmek için açık bir kapı var mıdır acaba? Kim bilir? Belki kuşakların klostrofobik baskıları sırasında, bir noktada birileri bir basamak yukarıyı fark eder ve oraya varabilmek için bütün gücünü kullanır. Bir halkayı kırmak, odaya değişik bir havanın girmesini sağlamak; sanırım yaşamların dönüşümündeki o minicik giz burada yatıyor. Minicik, ama çok da zahmetli, belirsizliği yüzünden de korkulu.

Benim annem on altı yaşında evlenip on yedisinde beni doğurmuş. Bütün çocukluğum, daha doğrusu bütün yaşamım boyunca onun bir tek kez bile sevgi dolu bir hareket yaptığını görmedim. Aşk evliliği yapmıştı. Onu kimse zorlamamıştı buna, kendi kendini zorlamıştı, hem de her şeyden çok istemişti bunu. Çünkü zengin ama sonradan din değiştirmiş bir Yahudi olan annemin soylu bir unvana sahip olma tutkusu vardı. Ondan daha yaşlı olan babam müzik delisi bir barondu ve annemin şarkı söylemesine vurulmuştu. Bu soylu ad için gerekli olan varisi dünyaya getirdikten sonra günlerini didişerek geçirdiler. Annem tatmin olamadan ve kin dolu öldü, bir kez bile kendinin de bazı kusurları olabileceğini aklına getirmedi. Ona daha iyi seçenekler sunmayan dünya acımasız davranmıştı. Bense ondan çok farklıydım ve daha yedi yaşındayken, bebeklik bağımlılığımdan kurtulur kurtulmaz, ona dayanamamaya başladım.

Onun yüzünden çok acı çektim. Sürekli sinirlenirdi, hem de yalnızca dış nedenler yüzünden. Onun yapmacık "mükemmelliği" kendimi kötü hissetmeme yol açardı ve yalnızlık bu kötülüğümün bedeliydi. Başlangıçta onun gibi olabilmek için denemeler de yaptım ama bunlar hep derin sularda boğulan beceriksiz çabalardı. Kendimi zorladıkça, daha huzursuz oluyordum. İnsanın kendini reddetmesi küçük görmeye yol açıyor. Buradan öfkeye geçen yolsa çok kısa. Annemin sevgisinin yalnızca görüntüsel olduğunu, nasıl olmam gerekirken, nasıl olduğumu anladığım an, odamın ve yüreğimin en gizli köşesinde ondan nefret etmeye başladım.

Bu duygudan kaçabilmek için bütünüyle bana ait bir dünyaya sığındım. Akşamları yatağımda, lambayı bir örtüyle örterek, gece yarılarına dek serüven kitapları okurdum. Hayal kurmaya bayılırdım. Bir dönem korsan olmayı hayal ettim. Çin denizinde yaşıyordum, çok özel bir dişi korsandım. Çünkü kendim için değil yoksullara vermek için çalıyordum. Bu haydutluk hayallerinden insan sevgisi dolu olanlarına geçiyordum. Tıp eğitimi aldıktan sonra Afrika'ya gidip zenci çocukları tedavi ediyordum. On dört yaşındayken Schliemann'ın yaşamöyküsünü okudum ve okur okumaz anladım ki ben asla insanları tedavi edemezdim, çünkü benim gerçek tutkum arkeolojiydi. Gerçekleştirmeyi hayal ettiğim sonsuz sayıda etkinlikten, sanırım ki gerçekten içimde ukde kalanı da bu oldu.

Ve zaten, bu hayalimi gerçekleştirebilmek için babama karşı ilk ve tek savaşımı verdim; klasik liseye gitmek istiyordum. Babamsa bunun adını bile duymaya dayanamıyordu, bu hiçbir şeye yaramazdı. Gerçekten okumak istiyorsam, dil öğrenmem daha iyiydi. Ama sonunda ben kazandım. Lisenin büyük kapısından girdiğim an, kazandığımı kesinlikle hissettim. Ama yanılıyordum. Liseyi bitirip, ona Roma'da üniversiteye gitmek istediğimi bildirdiğimde yanıtı çok kesindi: "Sözünü bile etme sakın." Ve ben o zamanlarda adet olduğu üzere boyun eğdim. Bir çarpışmayı kazanınca, bütün savaşın kazanıldığı sanılmamalı. Bu bir gençlik yanılgısıydı. Şimdi düşünüyordum da biraz daha mücadele etseydim, ayak direseydim, babam teslim olurdu. Onun olumsuz yanıtı o zamanların eğitim sisteminin bir parçasıydı aslında. Gençlerin gerçek anlamda kararlar alabileceklerine inanılmıyordu. Buna bağlı olarak da, değişik bir istek belirttiklerinde gençleri sınamaya kalkışıyorlardı. Ben ilk engelde tökezlediğimden onlara göre benimki gerçek bir tutku değil, geçici bir hevesti.

Babama ve anneme göre çocuklar her şeyden önce dünyevi birer görevdiler. Bizim iç dünyamızın gelişimini ne kadar ihmal etseler de eğitimin en saçma yanlarını katı kurallarla uyguluyorlardı. Sofrada dik ve dirseklerim bedene yakın oturmalıydım. Bunu yaparken içimden en kolay biçimde nasıl ölebilirim diye düşünsem bile bunun bir önemi yoktu. Görüntü her şeydi, onun ardından gelenlerse yalnızca önemsiz şeylerdi.

Böylece bir insan değil de iyi eğitilecek maymun gibi bir şey olduğum duygusuyla büyüdüm, insancıl sevinçler, cesaretsizlikler, sevilme arzuları söz konusu değildi. Bu rahatsızlıkla, çok geçmeden içimde bir yalnızlık doğdu, bu yalnızlık yılların geçmesiyle büyüdü, sanki havası alınmış bir boşlukta, bir dalgıca özgü hantal ve yavaş devinimlerle kımıldıyordum. Yalnızlık bir yandan da sorularla doğuyordu, kendi kendime sorup da yanıtını bulamadığım sorulardı bunlar. Dört-beş yaşındaydım ve çevreme bakınıp soruyordum: "Neden buradayım? Ben nereden geliyorum, çevremde gördüğüm her şey nereden geliyor? Bunların arkasında ne var? Ben yokken de burada mıydılar, her zaman burada olacaklar mı?" Dünyanın karmaşıklığı karşısında her duyarlı çocuğun sorduğu sorulardı bunlar. İnanıyordum ki büyükler de bunlara kafa yorarlar, yanıt vermeyi becerebilirler, ama annem ve dadımla yaptığım bir-iki denemeyle anladım ki değil yanıtını bilmek, onlar bu soruları hiç sormamışlardı bile.

Böylece yalnızlık duygusu büyüdükçe büyüdü. Anlıyorsun ya her bilmeceyi kendi aklımla çözmek durumundaydım, zaman geçtikçe kendimi daha çok sorgular olmuştum, sorular gittikçe zorlaşıyor, daha korkunçlaşıyor, düşünmesi bile içimi ürpertiyordu.

Ölümle ilk karşılaşmam altı yaşlarında oldu. Babamın bir av köpeği vardı; Argo, uysal ve sevecen olduğundan en iyi oyun arkadaşım oydu. Uzun öğleden sonraları boyunca ona çamurdan, ottan mamalar yedirmeye çalışırdım ya da onu kuaförün müşterisi yapardım, bahçede kulaklarında tokalarla dolaşmak zorunda kalırdı. Ne var ki, bir gün onda yeni bir saç modeli denerken boğazının altında bir şiş olduğunu fark ettim. Birkaç haftadır da canı eskisi gibi koşmak, zıplamak istemiyordu, ben bir köşeye oturup ikindi kahvaltımı yerken önümde oturup umutla yalanmıyordu.

Bir sabah okuldan döndüğümde demir parmaklıklarda beni beklerken bulamadım onu. Önce, babamla bir yere gitmiştir diye düşündüm. Ama babam yazıhanesinde oturuyordu ve Argo ayaklarının dibinde değildi, içimde o anda fırtınalar koptu. Dışarı çıktım, adını bağırarak bütün bahçede aradım onu, iki-üç kez eve girdim ve tepeden tırnağa evi aradım. Akşam annemle babama zorunlu iyi geceler öpücüğü verirken, bütün cesaretimi toplayıp babama sordum: "Argo nerede?" "Argo," diye yanıtladı beni gözlerini gazetesinden ayırmadan, "Argo gitti." "Peki, neden?" diye sordum. "Çünkü senin şımarıklıklarından bıkmıştı."

Düşüncesizlik mi? Yüzeysellik mi? Sadizm mi? Neydi bu yanıtta yatan? O sözleri duyduğum an, içimde bir şeyler kırıldı. Geceleri uyuyamamaya başladım, gündüz hıçkırıklara boğulmam için ufak bir şey yetiyordu. Bir ya da iki ay sonra çocuk doktoru çağrıldı. "Çocuk bitip tükenmiş," dedi ve bana balık yağı verilmesini buyurdu. Kimse bana neden uyumadığımı, neden Argo'nun dişlediği o toptan ayrılmadığımı sormadı.

Olgunluğa geçişimi o olaya bağlıyorum. Altı yaşında mı? Evet, tam altı yaşında. Argo gitmişti, çünkü ben kötüydüm, demek ki benim davranışım çevremde olanları etkiliyordu. Hem de yok ederek, mahvederek etkiliyordu.

O andan başlayarak hareketlerim daha silik, kişiliksiz oldu. Başka yanlışlar yaparım korkusuyla, hareketlerimi yavaş yavaş en aza indirgedim, uyuşuk dalgın biri olup çıktım. Geceleri o topu ellerimin arasında sıkıştırıp ağlayarak şöyle diyordum: "Argo yalvarırım geri dön, kabahat işlediysem de herkesten çok seni seviyorum." Babam eve başka bir köpek yavrusu getirdiğinde onu görmek bile istemedim. Benim için tümüyle yabancıydı ve öyle de kalmalıydı.

Çocuk eğitimine egemen olan, ikiyüzlülüktü. Çok iyi anımsıyorum, bir kez babamla çıktığım bir gezintide, bir çalının yanından geçerken ölüp kurumuş bir bülbül bulmuştum yerde. Korkusuzca elime aldım ve babama gösterdim. "Yere koy onu," diye bağırdı babam. "Görmüyor musun uyuyor?" Ölüm, aşk gibi konuşulmaması gereken bir konuydu. Bana Argo'nun öldüğünü söyleseler bin kez daha iyi olmaz mıydı? Babam beni kucağına alıp şöyle diyebilirdi: "Onu öldürdüm, çünkü hastaydı ve çok acı çekiyordu. Şimdi olduğu yerde çok daha mutlu." Elbette daha çok ağlardım, umutsuzluğa kapılırdım, aylar boyunca gömülü olduğu yere giderdim, toprağa oturup onunla uzun uzun konuşurdum. Sonra, yavaş yavaş, onu unutmaya başlardım. Başka şeyler ilgimi çekerdi, başka heveslerim olurdu ve Argo düşüncelerimin ta dibine, bir anı, çocukluğuma ait güzel bir anı olarak kayar giderdi. Oysa bu biçimde, Argo hâlâ yüreğimde taşıdığım küçük bir ölüdür.

İşte bu yüzden altı yaşında büyüdüm, diyorum çünkü artık sevinç yerine kaygı, merak yerine kayıtsızlık hissediyordum. Annem ve babam birer canavar mıydılar? Hayır, kesinlikle değil, o zamanlar için son derece normal insanlardı.

Annem, ancak yaşlandığı zaman bana kendi çocukluğuna ait bir şeyler anlatmaya başladı. Onun annesi de henüz küçük bir çocukken ölmüş. Annemden önce doğurduğu oğlu şiddetli bir zatürreeye yakalanmış. Bu olayın hemen üstüne doğan annem, yalnızca kız olmak değil, ağabeyinin öldüğü gün doğma şanssızlığını da yaşamış. Bu hazin rastlantıyı anımsamak için bebekliğinden başlayarak yas renkleriyle giydirilmiş. Beşiğinin üzerinde ağabeyinin yağlıboya bir portresi asılıymış. Bu, onun her gözünü açtığında yalnızca birilerinin yerini doldurduğunu, daha iyi birinin soluk bir kopyası olduğunu aklında tutmasına yararmış. Anlıyor musun? Bu durumda annemi, soğukluğu, yanlış seçimleri, her şeyden uzak oluşu yüzünden nasıl suçlayabilirim ki? Sevgi verilmeden bir laboratuvarda büyütülen maymunlar bile gerçek bir anne olamayıp, kedere kapılıyor, kendilerini ölüme terk etmiyorlar mı? Ve daha da geriye gitsek acaba annemin annesinde ve anneannesinde kim bilir neler bulurduk!

Mutsuzluk genel olarak dişi çizgiyi izler. Bazı kalıtsal anomaliler gibi anadan kız evlada geçer. Geçerken de zayıflayacağına daha yoğun, daha kalıcı ve derin olur. O dönemler erkekler için çok daha değişikti. Meslekleri vardı, siyaset ve savaşlar vardı; enerjilerini dışa vurup rahatlayabilirlerdi. Bizse bunu yapamazdık. Biz kuşaklar boyunca yalnızca yatak odasını, mutfağı, banyoyu tanıdık; binlerce, milyonlarca adım atar, iş görürken hep aynı kini, doyumsuzluğu içimizde taşıdık. Ben feminist mi oldum? Hayır, korkma, yalnızca geride kalanlara daha parlak bir ışık altında bakmak istiyorum.

Anımsıyor musun, yaz tatillerinde, denizden atılan havai fişekleri seyretmek için rıhtıma giderdik. Fişekler arasında bazen bir tanesi patlar, ama gökyüzüne ulaşamazdı. Annemin, ninemin tanıdığım pek çok kişinin yaşantısını düşündüğüm zaman, aklıma hep bu görüntü gelir işte. Yukarı tırmanmaktansa yarı yolda patlayan ateşler.

21 Kasım

Bir yerlerde okuduğuma göre Manzoni, *Nişanlılar*'ı yazarken, sabah uyanıp da kahramanlarını yerli yerinde bulunca pek mutlu olurmuş. Bense böyle hissetmiyorum. Aradan pek çok yıl geçmiş olsa da, ailemden söz etmekten hoşlanmıyorum. Annem, belleğimde, sultanın sarayının kapısında bekleyen muhafız gibi hareketsiz ve düşman görüntüsüyle kalmış. Bu sabah onunla benim, benimle anılarım arasına biraz taze hava girsin diye bahçede gezindim. Gece yağmur yağdı. Gökyüzü batıya doğru açıktı, ama evin arkasında mor renkli bulutlar kümelenmişti. Yeni bir sağanak inmeden girdim eve. Kısa bir süre sonra fırtına patladı. Evin içi öyle karanlık oldu ki, ışıkları yakmak zorunda kaldım. Yıldırımdan zarar görmesinler diye televizyonu ve buzdolabını prizden çektim. Sonra el fenerini alıp cebime koydum, günlük buluşmamız için mutfağa geldim.

Ama oturur oturmaz anladım ki, henüz hazır değildim, belki de havada fazla elektrik olduğundan düşüncelerim kıvılcımlar gibi şuraya buraya uçuşuyordu. Bunun üzerine kalktım, arkamda korkusuz Buck'la evin içinde amaçsızca dolaştım. Dedenle uyuduğum odaya girdim, sonra şimdi yattığım odayı –bir zamanlar annenindi– ve artık kullanılmayan yemek odasıyla senin odanı dolaştım. Odadan odaya geçerken bu evin ilk girdiğim günkü etkisini anımsadım: hiç de hoşuma gitmemişti. Burayı seçen ben değildim. Kocam Augusto'nun kararıydı, ama o da aceleyle bulup seçmişti. Kalacak bir yere gereksinmemiz vardı ve daha fazla bekleyemezdik. Yeterince büyük olması ve bir bahçesinin bulunması, bizim bütün gereksinmelerimizi karşılar diye düşünmüştü. Bahçe kapısını açtığım an zevksiz hatta çirkin bir ev olduğunu düşünmüştüm; renkler ve formlar birbirine hiç uymuyordu. Bir yandan bakınca İsviçre şalesine benziyor, öte yandan bakınca da ortadaki yuvarlak penceresi ve basamaklı çatı cephesiyle kanal kenarında sıralanan Hollanda evlerini anımsatıyordu. Uzaktan bakılınca da yedi değişik biçimdeki bacasıyla bu ev ancak bir masala yakışır derdin. Yirmili yıllarda yapılmıştı ama o dönemin hiçbir özelliğini yansıtmıyordu. Bir kişiliği olmayışı beni huzursuz ediyordu, burasının benim olduğuna kendimi alıştırmak için uzun yıllar uğraştım. Ailemin varlığı onun bu duvarlarıyla özdeşti, bu düşünceyi benimsemeliydim.

Tam senin odandayken ötekilerden daha yakına düşen bir yıldırım elektriği kesti. Feneri yakmaktansa yatağa uzandım. Dışarıda şiddetli yağmurun şakırtısı vardı. Rüzgâr uğulduyordu, içeride de değişik sesler vardı; çatırtılar, tahtaların gıcırtısı. Bir an için gözlerimi kapayınca kendimi gemide sandım, kırların üzerinde ilerleyen bir yelkenlideydim sanki. Fırtına ancak öğle saatlerinde dindi. Senin odanın penceresinden ceviz ağacının iki büyük dalının kırılıp düşmüş olduğunu gördüm.

Şimdi yeniden mutfakta kendi savaş alanımdayım, yemek yedim ve kirlettiğim bir-iki tabağı yıkadım. Buck ayaklarımın dibinde, bu sabahki heyecandan yorgun, yere serilmiş yatıyor. Yıllar geçtikçe fırtınalardan daha çok korkuyor, kendine gelmesi daha zor oluyor.

Sen anaokuluna giderken aldığım kitapların birinde,

insanın doğunca katılacağı ailenin seçimi de yaşamların çevrimi tarafından belirlenirmiş diye okumuştum. İnsan o anneyi ve o babayı seçermiş, çünkü yalnızca o anne ve o baba bir şeyler daha öğrenmemizi, bir adım, minicik bir adım daha ilerlememizi sağlarmış. Peki öyleyse, diye sormuştum o zaman kendime, neden pek çok kuşak boyunca aynı yerde kalıyoruz? Neden ileri gideceğimize geri gidiyoruz?

Geçenlerde bir gazetenin bilim ekinde belki de evrimin her zaman sandığımız gibi işlemediğini okudum. Son kuramlara göre, değişimler derece derece olmuyor. Daha uzun bir bacak, bir damla fazla içebilmek için daha değişik bir gaga, yavaş yavaş, milim milim, kuşak kuşak gerçekleşmiyor. Hayır, ansızın ortaya çıkıveriyor: anneden yavruya her şey değişiyor, her şey bambaşka oluyor. Bunu onaylayan iskelet, çene kemiği, toynak, değişik dişli kafatası kalıntıları var. Hele bazı türlerde hiçbir ortak bulguya rastlanmıyor. Dedesi böyleyken, torunu şöyle oluyor. İki kuşak arasında bir sıçrama yaşanıyor. Ya insanların iç dünyalarında da aynı şey oluyorsa?

Değişimler üst üste birikiyorlar, yavaş yavaş birikip bir anda patlayıveriyorlar. Bir anda bir insan, çevresindeki halkayı kırıp, başka biri olmaya karar veriyor. Alın yazısı, kalıtım, eğitim, bunların biri nerede bitip, öteki nerede başlıyor? Bir an için durup düşündüğünde bütün bunların içinde saklı olan gizem insanı korkutuyor.

Ben evlenmeden az önce, halam –ruhlarla dost olan– astrolog bir arkadaşıma yıldız haritamı çıkarttırmıştı. Günün birinde elinde bir kâğıtla karşıma dikilmiş, "İşte, bu senin geleceğin," demişti. O kâğıtta geometrik bir desen vardı, bir gezegenden ötekine uzanan çizgiler açılar oluşturuyorlardı. Buna bakar bakmaz, burada uyum, süreklilik yok, sıçramalar, düşmeye benzer inişler var diye düşündüğümü anımsıyorum. Astrolog kâğıdın arkasına şöyle yazmıştı: "Zor bir yürüyüş, yolun sonuna kadar varabilmek için bütün erdemlerini seferber etmelisin."

Müthiş etkilenmiştim, yaşamım o âna dek bana çok sıradan görünmüştü, evet zorluklar olmuştu, ama eften püften zorluklardı bunlar, uçurumdan çok birer gençlik hendeğiydi. Sonra büyüdüm, eş, anne, dul ve nine oldum, hep bu normal çizgide ilerledim. Olağanüstü denebilecek tek olay, annenin trajik ölümüydü. Anlayacağın, dikkatli bir gözle bakılırsa o yıldız tablosu yalan söylemiyordu, benim o katı ve düzgün yüzeyimin, kentsoylu kadına özgü günlük yaşantımın ardında gerçekte sürekli bir hareket, minik inişler, yırtılmalar, apansız karanlıklar, derin düşüşler vardı. Yaşadığım sürece, genellikle bir sevinç rüzgârını bastıran kedere yenik düştüm, kendimi, hani yerinde kımıldamadan dururken adımlarını küt küt yere vuran askerler gibi hissettim. Zamanlar değişiyordu, insanlar değişiyordu, çevremdeki her şey değişiyordu ve ben hep kımıldamadan durduğumu hissediyordum.

Bu yürüyüşün tekdüzeliğine en dehşetli darbeyi annenin ölümü vurdu. Kendimi zaten öylesine basit görüyordum ki bir an içinde yıkılıverdim. Şimdiye dek, diye düşünüyordum, bir ya da iki adım attıysam da şu anda ansızın geriye kaydım, yürüyüşümün başlangıç noktasına düştüm. O günlerde bir daha ayağa kalkamayacağımı düşündüm. Bana öyle geliyordu ki o âna kadar anlayabildiğim şeyler de bir vuruşta silinmişlerdi. Neyse ki bu çöküntü dönemine kendimi fazla kaptırmadım. Yaşam bütün gereksinmeleriyle ilerlemeyi sürdürüyordu.

Yaşam sendin. Mini minicik, savunmasız ve dünyada hiç kimsen olmadan geldin, bu hüzünlü ve sessiz evi apansız gülüşlerinle, ağlayışlarınla doldurdun. Senin bebek başının masayla divan arasında salındığını gördüğümde her şeyin bitmediğini düşündüm.

Rastlantı, o öngörülemez cömertliği ile bana gene bir fırsat vermişti.

Rastlantı: Signora Morpurgo'nun kocası bana bir seferinde İbranice'de bu sözcüğün karşılığının olmadığını söylemişti. Rastlantısal bir durumu belirtmek gerektiğinde Arapça karşılığını kullanırlarmış. Gülünç değil mi? Gülünç ama güven verici; Tanrı'nın olduğu yerde rastlantıya yer yoktur, onu simgeleyen o basit sözcüğe de elbette. Her şey yukarıdan düzenlenmiş, belirlenmiştir. Başına gelen her olay olur, çünkü bir anlamı vardır. Dünyanın bu görüşünü kucaklamakta tereddüt etmeyen insanları, seçimlerinin hafifliği nedeniyle kıskanmışımdır hep. Bana gelince, en iyi niyetli çabalarıma karşın bu anlayışı iki günden sonra benimseyemez oldum; korku ve adaletsizlik karşısında her zaman geriledim. İnsanları şükran duygusuyla mazur göreceğime içimde hep isyan uyandı.

Her neyse, şimdi gerçekten tehlikeyi göze almamı gerektirecek bir davranışta bulunup sana bir öpücük gönderiyorum. Ne kadar nefret edersin bundan kim bilir? Öpücüklerim senin zırhına çarparak tenis topları gibi geri zıplarlar herhalde. Ama hiç önemi yok. Hoşlansan da hoşlanmasan da sana öpücüklerimi yolluyorum. Saydam ve hafif olarak okyanusun üzerinde uçmaya başladılar bile.

Yorgunum. Şu âna dek yazdıklarımı belli bir kaygıyla yeniden okudum. Bir şey anlayabilecek misin acaba? Zihnimde pek çok şey kaynaşıyor, dışarı çıkabilmek için birbirlerini, mevsim sonu indirimli satışlardaki hanımlar gibi, itip kakıyorlar. Akıl yürütmeye kalkıştığımda asla bir yöntem belirleyemiyorum, şöyle baştan sona bir ipi yumak yapamıyorum. Kim bilir, belki bunu üniversiteye gitmediğim için beceremiyorumdur diyorum bazen. Pek çok kitap okudum, pek çok şeyi merak ettim, ama aklımın bir ucu bebeğin bezlerinde, öteki ucu ocaktaki yemekte, bir ucu da duygularda oldu. Kırlarda gezen bir botanik uzmanı, çiçekleri belli bir düzene göre seçer. Kendisini ilgilendireni ve ilgilendirmeyeni bilip ayırır, karar verir, eler, bağlantılar kurar. Oysa kırlarda bir çingene dolaşmaya çıksa çiçekler bambaşka bir biçimde toplanırlar. Biri sarı, öteki mavi, üçüncüsü kokulu, dördüncüsü uçurum kenarında olduğu için kopartılır. Sanıyorum benim bilgiyle ilişkim de tam böyle oldu. Annen hep bunu başıma kakardı. Tartışmaya başladık mı ben hep pes ederdim. "Diyalektik yok sende," derdi bana. "Bütün kentsoylular gibi düşüncelerini ciddi olarak savunmayı bilmiyorsun."

Sen nasıl adını koyamadığın vahşi bir huzursuzluk içindeysen, annen de ideoloji salgınına yenik düşmüştü. Ona göre benim büyük değil de küçük konulardan söz etmem, reddetmemden, benimsememememden kaynaklanıyordu. Beni tepkici ve kentsoylu hayaller hastası olarak nitelendirirdi. Onun bakış açısına göre ben zengindim ve böyle olmakla yalnızca yüzeyselle, lüksle ve doğal olarak da kötüyle haşır neşirdim.

Bazen bana öyle bir bakışı vardı ki, eminim bir halk jürisi kurup başına onu getirseler, beni ölüme mahkûm ederdi. Bahçeli bir villada oturmak gibi bir suçum vardı. Ona kalsa bir kulübede ya da kentin varoşlarında bir apartman dairesinde yaşamalıydım. Bu suça ek olarak her ikimizin geçinmemize yetecek bir de gelirim vardı. Kendi anne babamın yanlışlarını yinelememek için söyledikleriyle ilgileniyor, en azından ilgilenmeye çabalıyordum. Onunla asla alay etmedim ya da bu tür baskıcı düşüncelere ne denli yabancı olduğumu belli etmedim, ama o herhalde onun kurmaca cümlelerine ne kadar aykırı düştüğümü fark ediyordu.

Ilaria, üniversiteyi Padova'da okudu. İsterse Trieste'de

kalabilirdi fakat benim yanımda yaşayamayacak kadar sıkıntılıydı. Ne zaman onu ziyarete gitmekten söz açsam bana düşmanlık dolu sessizliklerle yanıt verirdi. Dersleri ağır aksak yürüyordu, evini kiminle paylaştığını bilmiyordum. Bana söylemeyi hiç istemedi. Onun duyarlılığını bildiğim için kaygılanıyordum. Fransız Mayıs'ı yaşanmıştı, üniversiteler işgal edilmişti. Öğrenci hareketleri sürüyordu. Onun telefonda ender olarak verdiği haberleri dinlerken artık onu izleyemez olmuştum, her zaman bir şeylere karşı hınç doluydu ve bu bir şeyler hep değişiyordu. Annelik rolüme boyun eğerek onu anlamaya çalışıyordum ama bu pek güçtü; her şey o denli hareketli, hızlıydı ki, o kadar çok yeni düşünce, fazlasıyla mutlak kavram türemişti ki. Ilaria, kendi cümleleriyle konuşmaktansa sloganları birbiri ardına sıralar olmuştu. Onun ruhsal dengesi için korkuyordum. Aynı doğruları, aynı mutlak dogmaları paylaştığı bir grubun üyesi olduğunu hissetmek, onun kibirliliğe olan doğal eğilimini kaygı verecek biçimde güçlendiriyordu.

Üniversitedeki altıncı yılında ötekilerden daha uzun süren bir sessizlik beni meraklandırınca trene binip onu görmeye gittim. Padova'ya gideli beri bunu hiç yapmamıştım. Kapıyı açar açmaz allak bullak oldu. Beni selamlamaktansa bana çıkıştı: "Kim davet etti seni?" Bana yanıtlama fırsatı bile vermeden ekledi: "Önceden haber vermeliydin, tam çıkmak üzereydim. Bu sabah önemli bir sınavım var." Geceliği hâlâ üzerindeydi, yalan söylediği belliydi. Anlamamış gibi yaptım, "Boş ver, demek ki seni burada bekleyeceğim ve sınavın sonucunu birlikte kutlayacağız," dedim. Bir süre sonra gerçekten çıktı, o denli acele etti ki, kitaplarını masanın üzerinde unuttu.

Evde yalnız kalınca her annenin yapacağını yaptım ve çekmeceleri karıştırdım, bir iz aradım. Yaşantısının hangi yöne yöneldiğini anlamama yardım edecek herhangi bir şey. Onu gözetlemek, sansür koymak, yasaklamak gibi bir niyetim yoktu, bu tip şeyler kişiliğime uymaz. Yalnızca içimde müthiş bir kaygı vardı ve bunu bastırabilmek için bir temas noktası arıyordum. Devrimci propaganda niteliğinde bildirilerden, broşürlerden başka bir şey geçmedi elime, ne bir mektup, ne bir günce. Odasının bir duvarında asılı olan afişte şöyle yazıyordu: "Aile, ancak bir gaz odası kadar havadar ve uyarıcıdır." Bu da bir tür gösterge sayılabilirdi.

Ilaria, öğleden hemen sonra döndü. Sabahki gibi soluk soluğaydı. "Sınav nasıl geçti?" diye sordum; elimden gelen en sevecen ses tonumla. Omuzlarını silkti. "Bütün ötekiler gibi," ve biraz durup ekledi: "Bunun için mi geldin? Beni kontrol etmek için mi?" Bir tartışma çıkmasını istemiyordum. Bu yüzden sakin ve tatlı bir sesle tek arzumun onunla biraz konuşmak olduğunu söyledim.

"Konuşmak mı?" dedi, anlamamış gibi. "Ne konuda? Senin mistik merakların hakkında mı?"

"Senin hakkında Ilaria," dedim yavaşça, onun gözlerini yakalamaya çalışarak. Pencereye yaklaştı, bakışlarını solmuş bir söğüt ağacından ayırmıyordu: "Anlatacak hiçbir şey yok, en azından sana yok. Böyle kentsoylulara özgü iç dünyalar konusunda çene çalarak zaman yitirmek istemiyorum." Sonra gözlerini söğütten ayırıp kol saatine baktı ve şöyle dedi: "Geç oldu, önemli bir toplantım var. Gitmelisin." Onun sözünü dinlemedim, kalktım, ama dışarı çıkmadım, ona yaklaşıp ellerini ellerimin arasına aldım. "Ne oluyor?" diye sordum. "Nedir sana acı veren?" Soluğunun hızlandığını duyuyordum. "Seni bu halde görmek yüreğimi incitiyor," diye ekledim. "Sen beni bir anne olarak reddetsen de, ben kızım olarak seni reddetmiyorum. Sana yardım edebilmek isterim, ama sen bana yakınlaşmazsan bunu yapamam." O anda çenesi titremeye başladı, çocukken de ağlamaya başlamadan böyle olurdu, ellerini benimkilerden çekti ve gidip köşeye kıvrıldı. Zayıf ve kasılmış bedeni hıçkırıklarla sarsılıyordu. Saçlarını okşadım, elleri buz gibiydi, ama başı alev alev yanıyordu. Ansızın döndü, bana sarıldı, yüzünü omzuma gömdü: "Anne," dedi, "ben... ben..." İşte tam o anda telefon çaldı. "Bırak çalsın," diye fısıldadım kulağına. "Olmaz," dedi gözlerini kurulayarak.

Telefonu açtığında sesi yeniden o metalik, bana yabancı tınıyı yakalamıştı. Kısa süren konuşmadan anladığım kadarıyla önemli bir şey olmuştu. Gerçekten de hemen bana döndü ve, "Üzgünüm, şimdi gerçekten gitmem gerekiyor," dedi. Birlikte çıktık, kapıda çabucak, suçlu bir edayla sarıldı bana, "Bana kimse yardım edemez," dedi. Az ötede bir direğe bağlı duran bisikletine kadar eşlik ettim ona. Bisikletine bindikten sonra iki parmağını boynumdaki kolyeye geçirerek: "İnciler, oh bunlar da senin pasaportun. Doğduğundan beri bunlarsız bir adım atmaya cesaret edemedin."

Bunca yıl aradan sonra, annenle yaşadıklarım içinde aklıma en sık gelen anı budur. Sık sık düşünürüm. Nasıl olur, derim kendime, birlikte yaşadığımız bunca şeyden sonra, anılarımdan en sık bu geliyor gözümün önüne. Gene bugün kendime bin birinci kez bunu sorarken, içimde şu atasözü yankılandı: "Dil dişin ağrıyan yerine değer." Ne ilgisi var, diyeceksin. Var, hem de çok ilgisi var. Bu anı çok sık düşüyor aklıma. Çünkü bir değişiklik uyandırabildiğim tek olay buydu. Annen ağlamaya başlamış, ruhunda bir gedik, benim sığabileceğim minicik bir delik açılmıştı. Bir kez içeri girebilsem beton çivisi gibi yavaş yavaş yer açardım kendime.

Onun yaşantısının sabit bir yerinde ben de kendimi değiştirebilirdim. Bunu yapabilmek için güçlü olmalıydım. O bana, "Şimdi gerçekten gitmelisin," dediğinde kalmalıydım. Yakındaki bir otelde oda tutmalı ve her gün gidip kapıyı çalmalıydım; o açtığım gediği genişletene dek uğraşmalıydım. Az kalmıştı, hissediyordum.

Oysa yapmadım bunu; korkaklıktan, tembellikten ve düzmece bir utanç duygusundan onun buyruğuna boyun eğdim. Ben kendi annemin işgalci ruhundan nefret etmiştim, değişik bir anne olmak, onun yaşamının özgürlüğüne saygı duymak istiyordum. Genellikle bu özgürlük maskesinin arkasına önemsemezlik ve işe karışmama arzusu gizlenir. Bu incecik bir sınırdır ve geçip geçmemek an sorunudur. Alınan ya da alınmayan bir karara bağlıdır, bunun önemini de ancak bu an geçince anlarsın. Ancak o zaman pişman olursun. Ancak o zaman bilirsin ki özgürlük olmamalıydı, işin içine girilmeliydi. Oradaydım, olanların bilincindeydim, bu bilinçten harekete geçme zorunluluğu doğmalıydı. Sevgiye tembellik yakışmaz, onu dolu dolu yaşamak için kararlı ve güçlü devinimler gereklidir. Anlıyor musun? Ben korkaklığımı ve uyuşukluğumu soylu özgürlük kavramı ardına gizlemiştim.

Kader kavramı yaşla gelen bir düşünce. İnsan gençken genellikle düşünülmez bu ve her olan şey kendi isteğinin ürünü gibi görünür. Kendini taş ardına taş dizip koşacağı yolu yapan bir işçi gibi görürsün. Yalnızca çok çok ileri vardığında fark edersin ki yol zaten örülüdür, bir başkası onu senin için çizmiştir ve sana orada yürümekten başka bir şey düşmez. Bu genellikle kırk yaşına doğru yapılan bir keşiftir, o zaman olanların yalnızca senden kaynaklanmadığını sezmeye başlarsın. Bu tehlikeli bir andır, klostrofobik bir yazgıcılığa kaymak işten bile değildir. Alın yazısını bütün gerçekliğiyle görebilmek için birkaç yılın daha geçmesini beklemen gerekir. Altmışına doğru arkanda kalan yol önündekinden daha uzunken, hiç görmediğin bir şeyi görürsün: aştığın yol dümdüz değildi, kavşaklarla doluydu, her adımda değişik yönleri gösteren oklar vardı, şuradan bir patika sapıyordu, ötekinden ormanın derinliklerinde yiten otlu bir yol. Bu sapakların kimine fark etmeden girdin, kimini görmedin bile; beğenmediğin yol seni nereye götürürdü hiç öğrenemezsin, acaba daha iyi bir yer miydi, daha mı kötüydü. Bunu bilemezsin, ama gene de pişmanlık duyarsın. Yapabileceğin bir şey vardı, ama yapmadın, ileri gideceğine geri döndün. Kazı oyununu anımsar mısın? Yaşam da hemen hemen, aynı öyle sürer gider.

Yoldaki kavşaklarda başka yaşamlarla karşılaşırsın, onları tanıyıp tanımamak, derinine yaşamak ya da es geçmek yalnızca bir anlık karar sonucudur; bunu bilmesen de dümdüz ilerlemekle sağa sola sapmak söz konusu olduğunda genellikle senin varlığınla ve yanında olacak kişinin yazgısıyla oynanmaktadır.

22 Kasım

Bu gece hava değişti, rüzgâr doğudan esmeye başladı ve kısa sürede bütün bulutları dağıttı. Yazmaya koyulmadan önce bahçede gezindim. Hâlâ kuvvetli bir bora esiyor, giysilerimin altına giriyordu. Buck çılgın gibiydi, oynamak istiyor, ağzında bir çam kozalağı, peşimde geziyordu. Dermansız halimle yalnızca bir kez fırlattım kozalağı, uçup yakaladı, gene de hoşnuttu. Senin gülünün sağlık koşullarını gözden geçirdikten sonra cevizi, kirazı ve öteki sevdiğim ağaçları selamlamaya gittim.

Benim öylece durup ağaçların gövdelerini okşamamla nasıl alay ederdin anımsıyor musun? "Ne yapıyorsun?" derdin bana, "O at sırtı değil." Sonra sana ağacın gövdesine dokunmakla başka herhangi bir canlınınkine dokunmak arasında bir fark olmadığını, hatta daha iyi bile olduğunu söylediğimde omuzlarını silker, yanımdan uzaklaşırdın. Neden mi daha iyi? Çünkü sözgelimi Buck'un başını okşarken sıcak, titreşimli bir şey duyuyorsun ama bu şeyde hep inceden inceye bir hareketlilik var. Mama saatidir, ya çok yakın ya da uzaktır, senin özlemindir ya da kötü bir düşün anımsanmasıdır. Anlıyor musun? Köpek de insan gibi pek çok düşünceye, pek çok gereksinmeye sahiptir. Huzura ve mutluluğa ulaşmak yalnızca kendisine bağlı değildir.

Oysa ağaç değişiktir. Filizlenmesinden ölene dek hep aynı yerde durur. Kökleriyle dünyanın yüreğine, dallarıyla da göğe her şeyden daha yakındır.

Cansuyu, içinde yukarıdan aşağıya, aşağıdan yukarıya dolaşır. Gün ışığına göre, yayılır ve toplanır. Yağmuru bekler, güneşi bekler. Önce şu mevsimi bekler, sonra ötekini, ölümü bekler. Yaşaması için gereksinmesi olan şeylerin hiçbiri onun isteği ile oluşmaz. Vardırlar, işte o kadar. Anlıyor musun şimdi, ağaçları okşamak neden güzeldir? Sağlamlığı, uzun, rahat, derin soluğu yüzünden. İncil'in bir yerinde Tanrı'nın geniş burun delikleri olduğu yazılıdır. Biraz saygısızca da olsa İlahi Varlık'a benzeyen bir varlık olarak hep çınar ağacı gelmiştir gözümün önüne.

Çocukluğumun geçtiği evde bir çınar ağacı vardı, öyle büyüktü ki ancak iki kişi kollarıyla sarabilirdi gövdesini. Dört-beş yaşındaydım ve onun yanına gitmekten çok hoşlanırdım. Orada öyle dururdum, popomun altında otların nemini, saçlarımın arasında ve yüzümde rüzgârın serinliğini hissederdim. Soluk alırdım ve nesneler arasında üstün bir düzen olduğunu ve gördüğüm her şeyle birlikte benim de bu düzenin bir parçası olduğumu bilirdim. Müzik bilgim olmasa da içimde bir şeyler şarkı söylerdi. Bunun ne tür bir ezgi olduğunu sana söyleyemeyeceğim ama ne bir nakaratı ne de notaları vardı. Sanki bir körük yüreğime yakın bir noktada üflüyordu ve bunun soluğu bütün bedenimin ve zihnimin içinde dağılarak bir ışık, büyük bir ışık, iki doğası olan bir ışık üretiyordu; hem ışığın hem de müziğin ışığını. Var olduğum için mutluydum ve benim için bu mutluluktan öte başka bir şey yoktu.

Küçük bir çocuğun bu tür şeyler sezinlemesi sana tuhaf ya da abartılı gelebilir. Ne yazık ki, çocukluğu bir körlük, bir yoksunluk olarak algılamaya, içinde fazlasıyla zenginlik barındıran bir şey olduğunu görmezden gelmeye alışmışız. Oysa yeni doğmuş bir bebeğin gözlerine bakmak bile bunu anlamaya yeter. Bunu hiç yaptın mı? Eline bir fırsat geçince dene. Kafandaki önyargıları temizle ve onu gözlemle. Onun bakışları nasıldır? Boş, bilinçsiz mi? Yoksa çok eskilerden uzanıp gelen bilge bakışlar mı? Çocuklar doğal olarak daha uzun solukludurlar, bizler büyüyünce bunu yitirdik ama kabul etmek istemiyoruz. Dört-beş yaşlarındayken henüz din, Tanrı ve insanların bunlardan söz ederek karıştırdıkları işlerden hiç haberim yoktu.

Biliyor musun, senin okuldaki din derslerine katılman ya da katılmaman söz konusu olduğunda uzun süre bir karar veremedim. Bir yandan benim inançlarla nasıl aklımın karıştığını anımsıyordum, bir yandan da eğitimde zihin kadar ruhu da düşünmek gerektiğine inanıyordum. Çözüm kendiliğinden ortaya çıktı, aynı gün senin ilk hamster'in öldü. Onu ellerinin arasına almış, bana şaşkınlıkla bakıyordun. "Nerede şimdi o?" diye sordun bana. Ben de sana aynı soruyu yönelterek yanıt verdim: "Sence nerededir şimdi?" Bana nasıl bir yanıt verdiğini anımsıyor musun? "O şimdi iki yerde birden. Biraz burada, biraz bulutların arasında." Aynı gün öğleden sonra onu küçük bir cenaze töreniyle gömdük. Minik tümseğin önünde diz çökerek duanı ettin: "Mutlu ol Tony. Günün birinde gene görüşeceğiz."

Belki de sana hiç söylemedim ama ben okulda ilk beş yılımı rahibelerin "Kutsal Yürek" okulunda okudum. İnan bana, öylesine kıvrak zihnime bu eğitim azımsanmayacak bir zarar verdi. Okulun girişinde rahibelerin bütün bir yıl boyunca kurulu tuttukları, bebek İsa'nın doğumunu canlandıran ahır sahnesi bulunuyordu. İsa bebek, annesi, babası, öküz, eşek arasında ahırda görünürken, koyun sürüleri kâğıttan yapılmış tepeler ve uçurumlarda gezinir gibiydi. Bu minik koyunlardan her biri okulun bir öğrencisiydi ve o gün boyunca sergilediği davranışlara göre koyun, İsa'nın kulübesine yaklaştırılır ya da uzaklaştırılırdı. Her sabah sınıfa girmeden oradan geçerdik ve geçerken de bulunduğumuz yeri görmeye zorlanırdık. Kulübenin öte yanında derin mi derin bir uçurum vardı ve en yaramazlar, iki bacakları boşluğa asılı, düştü düşecek bir yerde dururlardı. Altı yaşımdan on yaşıma kadar benim kuzucuğumun adımlarıyla koşullanarak yaşadım. Uçurumun kenarından hiç ayrılamadığımı söylememe de gerek yok herhalde.

İçimde bir yerde, bana öğretilen kurallara bütün yüreğimle uymaya çalışıyordum. Bunu çocuklara özgü o şekilcilik duygusu ile yapıyordum ama tek neden bu değildi; gerçekten iyi olmak gerektiğine, yalan söylememek, değersiz biri olmamak gerektiğine inanıyordum. Buna karşın hep düşmeme ramak vardı. Neden mi? Hiç yoktan nedenler yüzünden. Kim bilir kaçıncı yer değiştirmemin nedenini öğrenmek için gözyaşları içinde başrahibeye gittiğimde bana şöyle yanıt veriyordu: "Çünkü dün saçında çok büyük bir kurdele vardı... Çünkü okuldan çıkarken bir arkadaşın senin şarkı mırıldandığını duymuş. Çünkü sofraya otururken ellerini yıkamadın..." Anlıyor musun? Her sefer suçlarım annemin bana yönelttikleriyle aynı suçlardı, görüntüye ait suçlardı. Bana öğretilen uygunluk değil, şekilcilikti. Günün birinde artık uçurumun tam ucuna geldim ve hıçkırıklara boğularak: "Ama ben İsa'yı seviyorum," diye ağladım. Bunun üzerine oradaki rahibe ne dedi biliyor musun? "Ah, demek pasaklılığının yanı sıra bir de yalancısın. İsa'yı gerçekten sevseydin defterlerini daha düzenli tutardın." Ve parmağının ucuyla şöyle bir iterek benim minik koyunumu uçurumdan aşağı yuvarladı.

Bu olaydan sonra sanırım iki ay uyuyamadım. Gözlerimi kapadığım anda sırtımın altındaki şilte alev alıyor, içimde korkunç sesler çığlıklar atıyor ve bana, "Bekle, şimdi seni gelip alacağız," diyorlardı. Doğal olarak bunları anneme babama hiç anlatmadım. Benim yüzümün sarardığını, sinirli olduğumu gören annem şöyle diyordu: "Çocuk çok yorgun, bitik." Ben de hiç sesimi çıkartamadan kaşık kaşık şurup içiyordum.

Kim bilir kaç tane duyarlı ve zeki insan bu tür olaylar yüzünden ruhsal konulardan tümüyle uzaklaşmıştır. Birisinin okul yıllarının ne kadar güzel olduğunu ve o yılları çok özlediğini söylediğini her duyduğumda dilim tutulur. Benim için o dönem yaşamımın en kötü dönemlerinden biriydi, belki de o günlere egemen olan güçsüzlük duygum nedeniyle kesinlikle en kötü dönemdi. Bütün ilkokul yılları boyunca, içimde hissettiklerime sadık kalma isteğiyle başkalarının inancına ayak uydurma ikilemi –bu ikincisinin düzmeciliğini sezsem de– arasında kendimle çılgınca mücadele ettim.

Tuhaf ama o zamanların heyecanlarını şimdi yeniden yaşayınca benim büyüme krizlerimin herkes gibi ergenlikte değil de o çocukluk yıllarında gerçekleştiğini düşünüyorum. On iki-on üç-on dört yaşlarımda çoktan hüzünlü bir istikrara kavuşmuştum. Büyük doğaüstü sorular yavaş yavaş uzaklaşarak yerlerini yeni ve zararsız hayallere bıraktılar. Pazarları ayine ve belli bayram kutlamalarına annemle birlikte gidiyordum, diz çöküp masum bir edayla papazın elinden kutsal ekmeği yiyordum, ama bunları yaparken aklım bambaşka yerlerde oluyordu. Bunlar yalnızca sakin ve huzurlu yaşayabilmem için oynamam gereken rollerdi. Bu yüzden seni din dersi saatine yazdırmadım, bundan da hiç pişmanlık duymadım. Sen çocuksu merakınla bana bu konuda sorular sorduğunda her birimizin içinde olan gize saygı duyarak doğrudan ve basit yanıtlar veriyordum. Ve bana artık soru sormaz olduğunda ben de anlatmayı kestim. Bu tür şeylerde zorlama ya da soğutma olamaz, yoksa seyyar satıcıların yaptığına benzer. Üzümlerini ne kadar çok övüp, reklamını yaparlarsa, bu işte bir hile olduğu o kadar çok düşünülür. Ben senin içinde olan ışığı söndürmemeye çalıştım yalnızca. Geri kalan için bekledim.

Benim yolculuğumun bu denli basit olduğunu sanma, her ne kadar dört yaşındayken nesneleri sarmalayan soluğu fark ettiysem de yedi yaşında bunu çoktan unutmuştum. İlk zamanlarda, evet hâlâ içimde müzik vardı ama artık fonda hafif hafif çalıyordu. Bir dağ geçidindeki nehir gibiydi, kımıldamadan durup dikkatimi ona yöneltirsem uçurumun kenarından sesini duyabiliyordum. Sonra bu nehir eski bir radyoya, bozulmak üzere olan bir radyoya dönüştü. Bir an bir ezgi fazlasıyla gürültülü çalarken, bir an sonra hiç ses duyulmuyordu.

Annem ve babam benim bu şarkı mırıldanma alışkanlığımı bastırmak için ellerinden geleni yapıyorlardı. Bir keresinde, öğle yemeğinde bir tokat bile yedim –benim ilk tokadımdı–, çünkü ağzımdan bir *tralala* kaçmıştı. "Sofrada şarkı söylenmez," diye gürlemişti babam. "Şarkıcı olmayan şarkı söylemez," diye eklemişti annem de. Ben ağlıyor ve gözyaşları içinde yineliyordum: "Ama benim içim şarkı söylüyor." Somut madde dünyasından uzak olan herhangi bir şey benim anne babam için kesinlikle anlaşılmazdı. Peki o zaman ben bu müziğimi nasıl koruyabilecektim? Hiç olmazsa bir ermiş yazgısına sahip olabilseydim. Oysa kaderim bana olağanlığın acımasızlığını hazırlamıştı, o kadar.

Yavaş yavaş müzik ve onunla birlikte yaşamımın ilk yıllarına eşlik etmiş olan neşe de yok oldu. Neşe, evet, en çok özlediğim şey bu olmuştur. Sonraları mutlu oldum ama mutluluk neşenin yanında güneşin yanında bir elektrik lambası gibidir. Mutluluğun hep bir nesnesi vardır, bir şeyler yüzünden mutlu olunur, varlığı dışarıdan bir olaya bağımlıdır. Oysa neşenin nesnesi yoktur. Belirgin olmayan bir nedenle sarar seni, varlığı güneşe benzer, kendi yüreğinin ısısıyla yakar.

Yıllar geçtikçe kendi kendimi terk ettim. Başka bir insan, anne babamın olmamı istedikleri gibi biri olabilmek için ta içimdeki o şeyi terk ettim. Kişiliğimi bıraktım, bir karakter edindim. Karakter, sen de bunu yaşayacaksın, dünyada kişilikten daha çok değer verilen bir şeydir.

Ama karakter ve kişilik, sanılanın tersine, yan yana yürümezler, hatta birbirlerini görmezden gelirler. Annemin, sözgelimi güçlü bir karakteri vardı, her davranışından emindi ve onun bu güvenini hiç ama hiçbir şey bozamadı. Bense onun tam tersiydim. Günlük yaşantımda beni altüst etmeyen bir olay yok gibiydi. Her seçim karşısında duraksıyordum, öyle uzun düşünüyordum ki sonunda yanımda her kim varsa sabırsızlıkla benim yerime karar veriyordu.

Bir karakter rolünü oynayabilmek için kişiliğimi terk etmemin kolay olduğunu sanma. Derinlerde bir yerde isyan etmeyi sürdürüyordum, bir yanım kendim olmayı sürdürmek istiyordu, öteki yanımsa sevilebilmek için dünyanın gerektirdiği kurallara uyum sağlamak istiyordu. Ne zor bir savaş! Annemden, onun yüzeysel ve boş davranışlarından nefret ediyordum. Ondan nefret ediyordum, ama gene de yavaş yavaş ve arzumun dışında tam onun gibi oluyordum. İşte eğitimin kaçınılması neredeyse olanaksız olan bedeli de budur. Hiçbir çocuk sevgisiz yaşayamaz. İşte hiç hoşlanmasam, doğru bulmasam bile istenen modele uyum sağlamamın nedeni budur. Üstelik bu düzeneğin etkisi olgun yaşta da geçmemektedir. Anne olduğun anda sen farkına bile varmadan, istemeden, yeniden filizlenir, çiçek açar ve davranışlarını yeniden şekillendirir. İşte böylece, annen doğduğu zaman bambaşka bir biçimde davranacağıma hiç kuşkum yoktu. Gerçekten de öyle yaptım, ama bu başkalık da yüzeysel ve düzmeceydi. Anneni bir zamanlar bana yapıldığı gibi bir kalıba sokmak istemediğim için onu seçimlerinde hep özgür bıraktım, her davranışının onaylandığını hissetsin istedim ve ona sürekli şunu yineledim: "Biz iki değişik insanız ve bu değişiklik içinde birbirimize saygı göstermeliyiz..."

Ancak bunda bir yanlış vardı, hem de büyük bir yanlış. Bu benim kişilik eksikliğim yüzündendi. Artık olgun bir yaşa gelsem de hiçbir şeyden emin değildim. Kendimi sevmeyi, kendime saygı duymayı başaramıyordum. Çocuklara özgü ince ve fırsatçı duyarlılıkla annen bunu hemen sezdi; zayıf, hakkımdan kolay gelinebilecek kadar kırılgan olduğumu hissetti. Bizim ilişkimizi düşündüğümde aklıma gelen görüntü bir ağaç ve onun gölgesinde ezilmiş bir sarmaşıktır. Ağaç daha yaşlı, daha yüksektir, uzun zamandır orada durmaktadır; kökleri daha derindedir. Sarmaşık ise onun ayaklarında bir mevsimde açar, onunkilere kök değil, ancak iplik denilebilir. Sonra minik kollar çıkarır ve ağacın gövdesine tutunup tırmanmaya başlar. Bir-iki yıl geçtikten sonra ağacın yapraklı başına kadar yükselmiştir bile. Ev sahibi, yapraklarını döktüğünde o gene yeşildir. Yayılmayı, gürleşmeyi sürdürür, ağacı bütünüyle sarar sarmalar, güneş ve su artık yalnızca sarmaşığa ulaşabilmektedir. Bu noktada ağaç sararıp solar ve ölür, orada yalnızca sarmaşık için dayanak olmaya yarayan kuru gövde kalır.

Annenin hazin ölümünden sonra birkaç yıl boyunca onu düşünmedim. Bazen onu unuttuğumu fark edip kendimi acımasızlıkla suçluyordum. Bakmam gereken sen vardın, doğru ama gerçek nedenin o olduğunu sanmıyorum ya da nedenlerin biri oydu. Yenilgi duygusu, bunu kabullenemeyeceğim kadar güçlüydü. Yalnızca son yıllarda sen uzaklaşmaya, kendi yolunu aramaya başlayınca, annenle ilgili düşünceler zihnime geri dönmeye başladılar ve bende birer saplantıya dönüştüler. En büyük pişmanlığım, ona karşı çıkıp, "Çok haksızsın, aptalca bir iş yapıyorsun," dememiş olmamdır... Hissediyordum, konuşmalarında çok tehlikeli sözler vardı, onun iyiliği için hemen el koymam gerekliydi, ama gene de karışmamak için tutuyordum kendimi. Bir ihmal değildi söz konusu olan. Tartışılan şeyler önemliydiler. Beni harekete geçiren ya da daha doğrusu harekete geçirmeyen, annemin bana öğrettiği davranıştı. Sevilebilmek için karşı çıkmamak, olmadığım gibi görünmek zorundaydım. Ilaria doğal olarak küstahtı, karakteri benimkinden güçlü idi ve ben ona açık açık karşı koymaya, itiraz etmeye korkuyordum. Onu gerçekten sevseydim, kendimi küçültür, ona sert davranırdım, onu bazı şeyleri yapmaya ya da yapmamaya zorlardım. Belki de istediği buydu, buna gereksinmesi vardı.

Kim bilir neden, en basit gerçeklikler, anlaması en zor olandır. Ben o zaman aşkın en önemli niteliğinin güç olduğunu anlasaydım, olaylar bir olasılıkla başka türlü çözümlenirdi. Ama güçlü olabilmek için insanın kendini sevmesi gerekir; kendini sevebilmek için de insan, kendini derinlemesine tanımalı, kendi hakkında her şeyi, en gizli, kabullenmesi en zor şeyleri bilmelidir. Yaşam seni bütün gürültüsüyle iterken bu tür bir aşama nasıl gerçekleştirilebilirdi? Bunu başlangıcından beri yapabilenler yalnızca olağanüstü yetilerle donanmış insanlardır. Sıradan ölümlülere, benim gibi, annen gibi insanlara, yalnızca dallar ve plastik şişeler yazgısı kalır. Birisi –ya da rüzgâr– seni arkandan bir ırmağa iterse, yapıldığın malzeme yüzünden hemen suyun dibine inmektense yüzersin; bu bile sana bir zafer görünür ve böylece suda ilerlemeye başlarsın; akıntının seni götürdüğü yere doğru kayarsın; arada bir,

bir kök düğümü ya da birkaç taş yüzünden mola vermek zorunda kalırsın; orada bir süre suyun çırpıntısı içinde beklersin, sonra su yükselir, kurtulursun, gene ileri gidersin, su durgunken üzerinde durursun, çağlayancıklar olunca batarsın, nereye gittiğini bilmezsin, bunu zaten kendine sormamışsındır bile. Sakin anlarında çevreni, çakılları, çalıları görebilirsin, ayrıntılardan çok biçimleri, renkleri seçersin, sonra zamanla kilometrelerle birlikte miller, setler alçalır, ırmak genişler, hâlâ sınırları vardır ama az kalmıştır artık. "Nereye gitmekteyim?" diye sorarsın kendine ve o anda önünde deniz açılıverir.

Benim yaşamımın büyük bölümü böyle geçti. Yüzmekten çok çırpındım. Güvensiz ve hantal hareketlerle, zarif ve neşeli davranamadan, yalnızca kendimi suyun üstünde tutmayı başarabildim.

Sana neden yazıyorum bütün bunları? Bu uzun ve fazlasıyla özel itirafların anlamı nedir? Bu noktada belki sıkılacaksın, uflaya puflaya sayfaları birbiri ardınca çevireceksin. Nereye varmak istiyor, diye soracaksın kendine, nereye götürüyor beni? Doğru, anlatırken konudan konuya atlıyorum, ana yoldan girmektense gönüllü olarak basit patikalara sapıyorum. Kaybolduğum izlenimi veriyorum ve belki de bu yalnızca bir izlenim değil, gerçekten kayboldum. Ama senin o aradığına, merkeze ulaşabilmen için gereken yürüyüş bu.

Sana krep pişirmeyi öğretmemi anımsıyor musun? Sana, onları havaya attığında, tavaya düz düşmeleri gerektiğinden başka her şeyi düşünmelisin derdim. Bütün dikkatini havadaki kreplere verirsen, çarpık düşeceklerine ya da fırına yapışacaklarına emin olabilirsin. Komik ama her şeyin merkezine, tam yüreğine varmak için gereken, yalnızca dikkatin dağılmasıdır.

Şimdiyse sesini yükselten yüreğim değil de midem. Homurdanıyor ve haklı da, çünkü krepten, nehir yolculuğundan söz ederken akşam yemeği saati geldi. Şimdi senden ayrılmalıyım, ama ayrılırken sana nefret ettiğin öpücüklerden bir tane daha gönderiyorum.

29 Kasım

Dünkü rüzgârda bir kurban verdik, bu sabah bahçede günlük gezintimi yaparken buldum onu. Sanki koruyucu meleğim fısıldamış gibi evin çevresinde bir tur atmak yerine ta dibe kadar gittim, orada eskiden kümes vardı ama şimdi gübre deposu oldu. Tam Walter'ın ailesiyle bizi ayıran duvarın yanından yürürken yerde koyu renkli bir şey gördüm. Kozalak olabilirdi ama değildi, çünkü belli aralıklarla kımıldıyordu. Gözlüksüz çıkmıştım ve ancak tam yanına gelince gördüm ki bu sakatlanmış yavru bir karatavuktu. Onu yakalayabilmek uğruna az daha bacağımı kıracaktım. Tam ona yetiştiğimde ileri zıplayıverdi. Daha genç olsaydım onu bir dakikada yakalardım, ama şimdi bunu beceremeyecek kadar yavaşım. Sonunda dâhiyane bir düşünceyle başımdan eşarbımı çıkartıp üzerine attım. Buna sarıp eve götürdüm ve eski bir ayakkabı kutusunun içine yerleştirdim, altına paçavralar serdim, delikler açtım, deliğin biri de başını çıkartabileceği büyüklükte oldu.

Yazarken, masamın üzerinde önümde duruyor, şimdi yiyecek bir şey vermedim. Çünkü çok huzursuz. Onun telaşla çırpınması beni de huzursuz ediyor, ürkek bakışları beni utandırıyor. Şu anda bir peri, buzdolabı ile fırın arasında gözlerini kamaştırarak belirse ne dilerdim biliyor musun? Kral Süleyman'ın yüzüğünü; dünyadaki bütün hayvanlarla konuşabilmeyi sağlayan o büyülü çevirmeni isterdim. O zaman kuşuma, "Korkma, minik yavru, evet ben bir insanım ama çok iyi niyetliyim. Seni iyileştireceğim, yiyecek vereceğim ve iyileşince seni uçuracağım," demek isterdim. Neyse biz gene kendimize dönelim. Dün benim edebi krep benzetmemle mutfakta ayrılmıştık. Eminim seni öfkelendirmiştir bu. İnsan gençken büyük konuların işlenmesi –tanımlanması– için daha büyük, yüce sözcükler kullanmak gerektiğini düşünür. Yola çıkmadan önce yastığımın altına bıraktığın mektupla rahatsızlığını, kaygılarını anlatmaya çalışmıştın. Şimdi uzakta olduğuna göre söyleyebilirim, ben o mektuptan kaygılı olduğunu hissetmekten başka hiçbir şey anlamadım. Her şey öylesine karmaşık ve karanlıktı ki! Ben basit bir insanım, ait olduğum çağ, seninkinden çok farklı; bir şey beyazsa, ben beyaz derim, karaysa kara. Sorunların çözümü günlük deneyimlerden doğar, nesnelere gerçekte oldukları gibi bakmaktan geçer. Onların olmaları gerektiği şekli düşünmekten değil.

Dışarıdan gelen fazlalıkları, kendimize ait olmayanları ayırıp attığımız zaman, doğru yoldayız demektir. Pek çok kez, okuduklarının sana yardım etmekten çok kafanı karıştırdığı izlenimine kapıldım. Mürekkep balıklarının kaçarken arkalarında kara bir mürekkep bırakmaları gibi bu kitaplar da senin dünyanı kararttılar.

Yola çıkma kararını almadan önce bana bir seçenek sunmuştun. Ya bir yıl yurtdışına ya da bir psikanaliste giderim demiştin. Tepkim sert olmuştu, anımsıyor musun? İstersen üç yıl boyunca uzaklara gidebilirsin demiştim sana, ama psikanaliste bir kez bile gitmek yok; sana izin vermem, parasını sen ödesen bile. Benim böylesine abartılı bir tepki vermemi beklemiyordun. Sen aslında psikanalist derken bana daha az kötü bir adres verdiğini sanmıştın. Herhangi bir biçimde karşı çıkmadığına göre, sanıyorum ki, benim bu tür şeyleri anlamak için fazla yaşlı ya da bilgisiz olduğumu sanmıştın. Oysa yanılıyorsun. Ben Freud'un adını çocukken duymuştum. Amcalarımdan biri hekimdi ve Viyana'da tıp okuduğundan, onun kuramlarıyla hemen haşır neşir olmuştu. Konu onu çok heyecanlandırıyordu ve bize her yemeğe gelişinde, anne babamı kuramların geçerliliğine inandırmaya çalışırdı. "Düşümde spagetti yiyorsam, bu ölümden korktuğum anlamına geliyordur düşüncesine beni asla inandıramazsın," diye gürlüyordu annem. "Düşümde spagetti görüyorsam bunun tek bir anlamı vardır, o da aç olduğum!" Amcam boşu boşuna çabalayarak onun bu inadının da anlamlı olduğunu, onun ölüm korkusunun apaçık göründüğünü açıklamaya çalışıyordu. Spagettiler kurtlardan başka bir şey değildi ve kurtlar da günün birinde hepimizin sonu olacaktı. O anda annem ne yaptı biliyor musun? Bir anlık sessizlikten sonra, soprano sesiyle haykırdı: "Peki ya, makarna görürsem ne olacak?"

Benim psikanalizle tanışıklığım bu çocukluk anısıyla bitmiyor. Annen de bir psikanalist tarafından ya da öyle olduğunu sanan biri tarafından neredeyse on yıl boyunca tedavi edildi. Öldüğünde hâlâ ona gitmeyi sürdürüyordu, bu yüzden dolaysız yoldan da olsa ilişkinin gelişimini günü gününe izledim. Başlangıçta, gerçeği söylemem gerekirse, bana hiçbir şey anlatmıyordu. Bilirsin bu tür konular mesleki sırra girer. Ne var ki beni hemen –ve de olumsuz anlamda– etkileyen apansız ve mutlak bir bağımlılık hissi oldu. Daha bir ay geçmişti ki, bütün yaşantısını o randevuya göre ayarlar olmuştu, her şey o saatte o beyle arasında olan bitenin çevresinde dönmeye başlamıştı. Kıskançlık diyeceksin sen şimdi. Belki, olabilir ama asıl neden bu değildi, beni asıl rahatsız eden onun yeni bir bağımlılığa köle olmasıydı, önce politika vardı, şimdi de o bey. Ilaria onu Padova'da oturduğu son yılda tanımıştı ve Padova'dayken her hafta gitmeye başlamıştı bile. Bana bu yeni ilişkisini haber verdiğinde ne diyeceğimi bilememiştim. Sonunda, "İyi bir doktor bulmak için oraya kadar gitmen gerekli mi?" demiştim.

Bir yandan onun, o sürekli kriz durumundan kurtulabilmek için bir hekime danışması içimi rahatlatıyordu. Ilaria'nın birilerinden yardım istemeye karar vermesi bile ileri bir adımdır, diye düşünüyordum; öte yandan kırılganlığını bildiğim için bu güvendiği insan seçimi konusunda kaygılanıyordum. Başkasının aklına girmek her zaman çok incelik ister. "Nasıl buldun onu?" diye sormuştum. "Sana birisi mi önerdi?" Ama o yanıt olarak omuzlarını kaldırmakla yetindi. "Neyi anlamaya çalışıyorsun?" diyerek sözümü yeter anlamında bir sessizlikle kesti.

Trieste'de ayrı bir evde otursa da haftada en az bir kez öğle yemeğinde buluşma alışkanlığımız vardı. Tedavinin başlangıcından beri, bu görüşmelerimizde konuşmalarımız müthiş ve amaçlı bir yüzeysellik kazanmıştı. Kentte olanlardan, havadan konuşuyorduk; hava güzelse ve kentte bir olay yoksa, neredeyse hep susuyorduk.

Ne var ki Padova'ya üçüncü ya da dördüncü ziyaretinden sonra bir değişiklik hissettim. İkimizin önemsiz şeyler üzerinde konuşmalarımızın yerini onun soruları aldı; geçmişe ait her şeyi, benle, babasıyla, ilişkimizle ilgili bütün bilgileri öğrenmek istiyordu. Sorularında sevgi yoktu, merak yoktu; sanki bir sorgulama yapar gibiydi; aynı soruyu birkaç kez yineliyor, küçük ayrıntılar üzerinde ısrar ediyordu, kendinin yaşayıp çok iyi anımsadığı olaylarda kuşkular yaratıyordu. Bana kızımla konuşuyormuşum gibi gelmiyordu. Sanki her ne pahasına olursa olsun suçu itiraf ettirmeye çalışan bir dedektif vardı karşımda. Bir gün sabrım tükendi ve şöyle dedim: "Lütfen açık ol, bana yalnızca nereye varmak istediğini söyle." Bana hafif alaycı baktı, çatalı aldı, bardağa vurdu ve bardak çınn diye ötünce beni yanıtladı: "Tek bir yere, ilk durağa. Bilmek istediğim sen ve kocan ne zaman ve neden benim kanatlarımı kestiniz?"

O öğle yemeği onun sorular yumağına katlanmayı kabul ettiğim son yemek oldu; ertesi hafta telefonda onu aramızda sorgulama yerine diyalog olması koşuluyla beklediğimi söyledim.

Korkuyor muydum? Evet. Ilaria ile konuşmam gereken çok şey vardı ama böylesine hassas konuları böyle bir sorgu baskısı altında açıklamak bana ne doğru ne de sağlıklı geliyordu. Onun oyununa katılsaydım, iki yetişkin insan arasında yeni bir ilişkiyi kanıtlayamayacaktık, ben yalnızca ve her zaman için suçlu bulunacaktım, o da kurtulması olanaksız kurbanı oynayacaktı.

Tedavisi hakkında aylar sonra gene konuştum onunla. Artık doktoru ile bütün bir hafta sonu süren görüşmeler yapıyordu; çok zayıflamıştı, konuşmalarında şimdiye kadar hiç duymadığım uydurmalar, hayali sözler geçmeye başlamıştı. Ona büyükbabasının erkek kardeşini, onun psikanalizle ilk ilişkilerini anlattım ve sonra sanki hiçbir önemi yokmuş gibi sordum: "Senin analistin hangi ekolden?" "Hiç birinden," diye yanıtladı beni, "ya da daha doğrusu kendi kurduğu bir ekolden."

O an, şimdiye dek basit olan kaygım, gerçek ve derin bir tasalanmaya dönüştü. Doktorun adını öğrenmeyi başardım ve küçük bir araştırmayla onun doktor bile olmadığını keşfettim. Başlangıçta tedavinin etkileriyle ilgili kurduğum hayallerim bir vuruşta yıkıldılar. Doğal olarak beni kuşkulandıran bir diplomanın eksikliği değil ama buna bağlı olarak Ilaria'nın gittikçe kötüleşen haliydi. Tedavi geçerli olsaydı, diye düşünüyordum, başlangıçtaki kötüleme dönemini harika bir iyileşme dönemi izlemeliydi; yavaş yavaş kuşkular ve kötüleşmelerin ardından bilinçlenme yolunu bulup çıkmalıydı. Oysa Ilaria yavaş yavaş çevresinde olan biten her şeye karşı ilgisini yitirdi. Eğitimini tamamlayalı yıllar oluyordu ve hiçbir şey yapmıyordu, tek tük arkadaşlarından da uzaklaşmıştı. Tek etkinliği bir böcek uzmanına özgü takıntı ile iç dünyasındaki her kımıldanmayı gözlemlemekti. Dünya, gece gördüğü düşlerin, benim ya da babasının yirmi yıl önce söylediğimiz bir sözün çevresinde dönüyordu. Yaşantısının böylesine kötüleşmesi karşısında kendimi bütünüyle güçsüz hissediyordum.

Ancak üç yaz sonra, birkaç hafta için bir umut penceresi aralandı. Paskalya'dan hemen sonra ona birlikte bir yolculuğa çıkmamızı önermiştim. Beni hayretlere düşürecek biçimde, önerimi hemen reddetmeden, Ilaria gözlerini iri iri açmış ve, "Nereye gidebiliriz?" diye sormuştu. "Bilmiyorum," demiştim. "Sen nereye istersen, aklına gelen her yere gidebilirim."

Aynı gün öğleden sonra seyahat acentelerinin açılmasını sabırsızlıkla beklemiştik. Hoşumuza giden bir yer bulabilmek için haftalarca araştırdık. Sonunda Yunanistan'da karar kıldık. Mayıs sonunda Girit ve Santorini adalarına gidecektik. Yola çıkmadan önceki basit hazırlıklar, bizi hiç olmadığı kadar yaklaştırdı birbirimize. Aklını bavullara takmıştı, önemli bir şey unutacağız korkusuna kapılmıştı, onu rahatlatmak için bir not defteri almıştım; "Sana gerekecek şeyleri buraya yaz," demiştim. "Bavula yerleştirirken de yanına bir işaret koyarsın."

Akşam, yatacağım zaman, bir yolculuğun aramızdaki buzları eritmek için harika bir bahane olduğunu daha önce akıl erdirmediğim için kendime kızıyordum. Yola çıkmadan önceki cuma günü Ilaria, metalik bir sesle telefon etti bana. Sanırım sokaktaki bir telefon kulübesinden arıyordu. "Padova'ya gitmem gerekiyor," dedi, "en geç salı akşamı dönerim." "Zorunlu musun gitmeye?" diye sorarken telefonu kapatmıştı bile.

Perşembeye kadar haber çıkmadı. Saat ikide telefon çaldı, sesi sertlik ve sızlanma arası bir tondaydı, "Üzgünüm," dedi, "ama Yunanistan'a gelmeyeceğim." Benim tepkimi bekliyordu, ben de onunkini. Birkaç saniye sonra yanıtladım. "Ben de çok üzüldüm. Ben gene de gideceğim." Benim uğradığım hayal kırıklığını anladı ve bana mazeretler bulmaya çalıştı: "Gidersem, kendimden kaçmış olurum," diye fısıldadı.

Tahmin edebileceğin gibi çok hüzünlü bir yolculuk oldu, rehber kitapları izlemeye, manzarayla, arkeolojiyle ilgilenmeye çalışıyordum; gerçekte yalnızca anneni, yaşantısının nereye sürüklendiğini düşünüyordum. Ilaria diye düşünüyordum, bostanını ekip ilk bitkilerin filizlendiğini görünce, bir şeyin onlara zarar vereceğinden korkan bir çiftçiye benziyor. Bunun üzerine suya ve rüzgâra dayanıklı bir naylon örtü alıp üzerlerini kapatıyor, sonra tırtıllardan ve zararlı böceklerden korumak için bol bol ilaç sıkıyor. Hiç dur durak bilmeden uğraşıyor; gece gündüz, bostanını nasıl koruyacağını düşünmediği bir an bile yok. Derken bir sabah naylon örtüyü kaldırdığında tüm bitkilerin çürüyüp solduklarını görüp hayretler içinde kalıyor. Onları kendi hallerinde büyümeye bıraksaydı bazıları gene ölürdü ama bazıları da dayanır, yaşardı. Onun diktiklerinin yanında rüzgârın ve böceklerin taşıdıkları da yetişirdi. Kimi ayrıkotu olur, yolunur ama bazıları da çiçek açar ve renkleriyle bostanın tekdüzeliğini yok ederlerdi. Anlıyor musun? Böyledir bu dünya, yaşam cömertlik ister: İnsanın kendi içindeki karakteri yetiştirmesi, ama bunu yaparken de çevredeki hiçbir şeyi algılamaması, hâlâ soluk alsa da ölü olmaya benzer.

Zihnine aşırı bir katılık uygulayan Ilaria, içindeki yüreğinin sesini bastırmıştı. Onunla tartışma korkusundan ben bile bu sözü ağzıma almaktan korkar olmuştum. Bir kez ergenlik çağlarında ona, "Yürek, ruhun merkezidir," demiştim. Ertesi sabah mutfak masasının üzerinde bir sözlük duruyordu ve "ruh" sözcüğünün ikinci tanımının altı kırmızı kalemle çizilmişti: Meyve konservesi yapımında da kullanılan renksiz sıvı.[1]

Yürek şimdilerde hemen saf ve basit bir şeyi akla getiriyor. Benim gençliğimde hâlâ utanmadan telaffuz edilebilen bir sözcüktü, oysa artık kimsenin kullanmadığı bir terim oldu. Tek tük adı anılırsa o da işlemesinde bir aksaklık olduğu içindir; o bütünlüğü içinde değil de bir koroner ya da atardamar sorunu olduğu zaman akla geliyor. Ama yüreğin, insan ruhunun merkezi olduğu artık anımsanmıyor. Pek çok kez bu vefasız sürgünün nedeni hakkında kendimi sorgulamışımdır. Augusto, İncil'den alıntı yaparak, "Kendine güvenen akılsızdır,"[2] derdi sık sık. Neden böyle olsun? Yürek bir ateş yakma odasına benzediği için mi? Orası karanlık olduğu için mi, karanlık ve alev alev? Zihin ne kadar çağdaş bir terimse yürek de o kadar demode oldu. Yüreğine kulak veren –diye düşünülüyor bu halde– hayvan doğasına, doğal ve denetim altında olmayan dünyaya daha yakındır. Mantığa kulak verenler ise daha yüksek gözlemler peşindedir. Peki ya böyle olmayıp da tam tersi olsaydı? Yaşamı besinsiz, soluksuz bırakan bu mantık fazlalığı olsaydı?

Yunanistan dönüşü sırasında sabahın bir bölümünü geminin kumanda köprüsünün yanında geçirmeyi alışkanlık edinmiştim. İçeriyi gözetlemek, radara ve nereye gittiğimizi söyleyen o karmaşık aygıtlara bakmak hoşuma gidiyordu. Bir gün orada havada titreşen antenlere

1. İtalyancada *spirito*'nun iki anlamı vardır: ruh ve ispirto. (Ç.N.)

2. Eski Ahit, "Süleyman'ın Özdeyişleri", 28:26. (Y.N.)

bakarken, insanların giderek yalnızca tek bir dalga boyutuna ayarlanabilen radyolara benzediğini düşündüm. Hani deterjan paketlerinden armağan minik radyolar çıkar, her ne kadar üzerinde bütün istasyonlar işaretliyse de düğmeyi çevirdikçe ya bir ya iki kanal bulursun gerisi vızıldar o kadar. Zihnin aşırı kullanımı da aynı etkiyi yaratıyor gibi bir izlenim doğdu bende. Bizi çevreleyen bütün bu gerçekliğin yalnızca sınırlı bir bölümünü yakalamak, algılamak olasıdır bu halde. Ve bu sınırlı bölümde de karmaşa egemendir. Çünkü sözcükler kaynaşmaktadır ve sözcükler çoğu kez bizi daha ferah bir yere çıkartmaktansa yalnızca olduğumuz noktaya geri döndürürler.

Anlayışın sessizliğe gereksinmesi vardır. Gençken bunu bilmezdim, şimdi cam akvaryumunda dönen bir balık gibi bu boş ve sessiz evin içinde dolaşırken bunu biliyorum. Bu biraz da kirli yerleri süpürgeyle ya da ıslak paçavrayla temizlemeye benzer: Süpürge kullanırsan toz uçar ve yanındaki nesnelere konar; oysa ıslak paçavra kullanırsan yerler pırıl pırıl ve temiz olur. Sessizlik de ıslak paçavra gibidir. Tozun yarattığı donukluğu yok eder. Zihin, sözcüklerin hapishanesidir, bir ritim varsa bu sözcüklerin düzensiz ritmidir; oysa yürek nefes alır, organlar arasında bir tek o atar ve bu atması onun daha büyük şeylerin atmalarıyla uyum sağlamasına neden olur.

Bazen dalgınlıktan ya da başka bir nedenden televizyonu bütün öğleden sonra açık bırakıyorum, bakmasam bile sesi odalara girip çıkarken peşimden geliyor ve akşam yatağa girdiğimde olağandan daha sinirli oluyorum, uyumakta zorlanıyorum. Sürekli gürültü ve ses bir tür uyuşturucudur, insan alışınca onsuz yapamaz.

Daha ileri gitmek istemiyorum, en azından şimdilik. Bugün yazdığım sayfalar sanki pek çok tarifi karıştırarak yapılmış bir keke benzedi –biraz badem, biraz lor peyniri, üzüm ve rom, kedidili bisküvi ve krema, çikolata ve çilek– anlayacağın bir zamanlar bana tattırıp, yeni mutfak diye adlandırıldığını söylediğin o felaket şeye benzedi. Karmakarışık mı? Olabilir. Sanırım bir filozof okusa bunları, eski öğretmenler gibi kırmızı kalemle her şeyi işaretlemekten alıkoyamazdı kendini. "Uyum yok," yazardı herhalde, "konu dışı, diyalektik olarak tutarsız."

Hele bir psikoloğun eline düştüğümü düşün! Kızımla ilişkimin başarısızlığı ve engellediklerim üzerine uzun bir rapor yazardı. Bir şeyleri engellediysem de, şimdi ne önemi var? Bir kızım vardı ve onu yitirdim. Otomobilin içinde sıkışarak öldü: Aynı gün ona, babasının, onun düşüncesine göre başına çok dert açan adamın, gerçek babası olmadığını açıklamıştım. O gün hâlâ gözlerimin önünde. Bir film şeridi gibi, ama bir perdede oynamıyor da duvara çivilenip kaldı. Sahnelerin birbirini izleyişini ezbere biliyorum, her sahnenin ayrıntıları aklımda. Hiçbir şeyi unutmadım, her şey içimde, uyurken ve uyanıkken bir nabız gibi atıyor düşüncelerimde. Ölümümden sonra da vuracak bu nabız.

Minik karatavuk uyandı, belli aralıklarla başını delikten uzatıp kararlı bir –cik– diyor. "Acıktım," diyor sanki, "bana yiyecek vermek için ne bekliyorsun?" Kalkıp buzdolabını açtım, ona yarayacak bir şey var mı diye baktım. Bir şey olmadığını görünce Walter'ı arayıp, kurtçuk var mı diye sordum. Numarayı çevirirken de şöyle düşündüm: "Şanslısın küçüğüm, bir yumurtadan çıktın ve ilk kanat çırpışınla ana babanın yüzünü unuttun."

30 Kasım

Bu sabah dokuzdan az önce Walter ve karısı ellerinde bir torba kurtçukla geldiler. Balık tutmaya meraklı bir kuzeninden bulmuş. Beyaz kurtçuklardı bunlar. Onun yardımıyla karatavuğu kutudan çıkarttım, yumuşak tüylerinin altında minik yüreği deli gibi atıyordu. Bir metal pensle kurtçukları tabaktan alıp ona ikram ettim. Gagasının önünde ne kadar salladıysam da kurtçuklara hiç yüz vermedi. "Gagasını bir kürdanla açın," diyordu Walter, "parmaklarınızla zorlayın." Ama kuşkusuz benim bunu yapacak gücüm yoktu. Derken bir anda, seninle büyüttüğümüz pek çok kuş gözümün önüne gelince, hatırladım ki gagasını yandan gıdıklamak gerekiyordu, ben de öyle yaptım. Gerçekten de arkada bir yay varmış gibi minik kuş hemen açtı gagasını. Üç kurtçuk yedi ve doydu. Signora Razman çalıştırdı kahve makinesini –bir elim tutmayalı bunu yapamıyorum– ve oturup şuradan buradan çene çaldık. Onların yardımı ve nezaketi olmasa yaşantım çok zor olurdu. Birkaç gün sonra seraya, gelecek bahar için soğan ve tohum almaya gidecekler. Beni de davet ettiler. Ne evet, dedim ne hayır, yarın dokuzda telefonlaşmaya karar verdik.

O gün 8 Mayıs'tı. Sabah bahçede çalışmıştım, kiraz ağacı tomurcuk doluydu, küpe çiçekleri açmıştı. Öğle yemeği saatinde hiç haber vermeden annen çıka geldi. Sessizce arkamdan yaklaştı. "Sürpriz!" diye bağırıverdi ansızın, ben korkumdan elimdeki tırmığı düşürdüm. Düzmece neşesiyle yüzündeki ifadenin hiç ilgisi yoktu. Benzi sapsarıydı, dudaklarını büzüyordu. Konuşurken ellerini sürekli saçlarının içinde gezdiriyordu, yüzünden çekiyor, bir buklesini ağzına sokuyordu.

Son zamanlarda bu artık doğal hali olmuştu. Böyle görünce fazla korkmadım, en azından öteki seferden fazla kaygılanmadım. Senin nerede olduğunu sordum. Bir arkadaşına oynayasın diye bıraktığını söyledi bana. Eve doğru yürürken cebinden bir demet solmuş unutmabeni çiçeği çıkarttı. "Bugün Anneler Günü," dedi ve elinde çiçeklerle kımıldamadan bana öylece baktı, bir adım daha atıp atmamakta kararsızdı. Bunun üzerine o adımı ben attım, yanına gittim, teşekkür ederek şefkatle sarıldım. Bedeninin benim bedenime değmesiyle heyecanlandım. Müthiş bir katılık vardı onunkinde, ona sarıldığımda kendini daha da çok kasmıştı. Bedeninin içinin bomboş olduğunu, bir mağara gibi soğuk hava yaydığını hissediyordum. O anda seni düşündüğümü çok iyi anımsıyorum. Çocuğa ne olacak, diye sordum kendi kendime, kendini bu duruma sürüklemiş bir anneyle? Zaman geçtikçe durumu iyileşeceğine, kötülüyordu, senin için kaygılanıyordum, senin nasıl büyüyeceğini düşünüyordum. Annen çok kıskançtı ve seni bana mümkün olduğunca az getiriyordu. Seni, benim olumsuz etkilerimden korumak istiyordu. Onu mahvetmiştim ya, seni mahvedemeyecektim.

Yemek saatiydi, kucaklaştıktan sonra bir şeyler hazırlamak için mutfağa girdim. Hava ılıktı. Sofrayı bahçeye mor salkımların altına kurduk. Yeşil beyaz kareli örtüyü serdim, masanın ortasına da bir minik vazonun içinde unutmabeni çiçeklerini koydum. Görüyor musun? Kıvrak belleğimle her şeyi inanılmaz ayrıntılarıyla anımsıyorum. Onu canlı olarak son kez gördüğümü seziyor muydum acaba? Ya da trajediden sonra birlikte geçirdiğimiz zaman dilimini yapay olarak genişlettim, yaydım mı? Kim bilir? Kim söyleyebilir?

Hazır yemeğim olmadığı için makarnaya bir domates sosu yaptım. O pişerken Ilaria'ya burgu makarna mı kesme makarna mı istersin diye sordum. Dışarıdan seslendi, "Fark etmez," dedi, ben de burguları attım suya. Sofraya oturduğumuzda senin hakkında birkaç soru sordum, hepsine kaçamak yanıtlar verdi. Başlarımızın üstünde sürekli böcekler uçuşuyordu. Bitkilerin içine giriyorlar, çıkıyorlar, vızıltılar neredeyse bizim konuşmamızı bastırıyordu. Birden kapkara bir şey annenin tabağına kurşun gibi indi. "Bir eşekarısı. Öldür, öldür onu," diye çığlıklar atarak sandalyeden fırladı, her şeyi devirdi. Bunun üzerine ben kalktım, bunun bir yabanarısı olduğunu gördüm ve, "Eşekarısı değil, zararsız bir yabanarısı o," dedim. Arıyı sofradan uzaklaştırınca tabağına yeniden makarna koydum. Hâlâ huzursuz bir ifadeyle yerine oturdu, çatalı aldı, bir elinden ötekine geçirerek oynadı, sonra dirseklerini sofraya dayayıp, "Paraya gereksinmem var," dedi. Masa örtüsünün makarna dökülen yerinde kocaman kırmızı bir leke vardı.

Para konusu uzun zamandır gündemdeydi. Daha geçen yıl, Noel'den önce Ilaria, psikanalisti adına kâğıtlar imzaladığını söylemişti. Benim daha geniş bir açıklama istemem üzerine her zamanki gibi kaçmıştı, "Garanti için," demişti, "basit bir formalite." Bu onun yıldırmacı davranışıydı, bana bir şey söyleyeceği zaman yarısını söylerdi. Bu şekilde sıkıntısını bana aktarır, sonra da bana yardımcı olacak bilgiyi vermezdi. Bütün bunda ince bir sadizm vardı. Sadizmin de ötesinde her zaman herhangi bir kaygının tam merkezinde olma gereksinmesiydi bu. Çoğunlukla da bu kaygılar bir kandırmaca oluyordu.

Şöyle diyordu sözgelimi: "Yumurtalıklarımda kanser var." Kısa ama acı veren bir soruşturmadan sonra keşfediyorum ki, yalnızca bir kontrol testi yaptırmaya gitmişti; hani bütün kadınların gittiği türden bir kontrol. Anlıyor musun? Biraz yalancı çoban masalına dönmüştü iş. Son yıllarda o kadar çok trajedi bildirmişti ki, ben sonunda inanmayı bırakmıştım ya da bir kısmına inanır olmuştum. Bu yüzden bana birtakım kâğıtlar imzaladığını söylediğinde de ne fazla kulak asmış ne de sonrasını soruşturmuştum. Bu vahşi oyundan yorulmuştum artık. Israr da etsem, önceden de öğrensem gene de boşunaydı, çünkü o kâğıtları bana bir şey sormadan çok önceleri imzalamıştı.

Gerçek gümbürtü şubat sonunda patlak verdi. Ancak o zaman öğrendim ki Ilaria o kâğıtlarla doktorunun işlerine üç yüz milyona kefil olmuştu. İki ay içinde kefaleti için imza verdiği şirket batmıştı, neredeyse iki milyarlık bir borç vardı ve bankalar paralarını geri istemeye başlamışlardı. İşte o noktada annen bana ağlayarak geldi, ne yapacağını sordu. Bankalara gösterdiği güvence, seninle birlikte oturduğu evdi, bankalar onu istiyordu şimdi. Benim öfkemi tahmin edebilirsin. Annen otuz yaşını geçmişti, bırak kendini geçindirmekten aciz oluşunu, elindeki tek mal varlığını, senin doğumunda tapusunu üzerine geçirdiğim evi de tehlikeye atmıştı. Çok kızmıştım ama bunu ona belli etmedim. Onu daha da fazla mutsuz etmemek için, "Ne yapabilirim bir düşüneyim," dedim.

O mutlak bir durgunluğa girdiğinden iyi bir avukat aradım. Kendim de dedektifliğe soyunup bankalara karşı davayı kazanmaya yarayacak bütün bilgileri topladım. Böylece de öğrendim ki uzun yıllardır adam ona kuvvetli ilaçlar içiriyormuş. Seanslar sırasında morali bozuksa ona viski ikram ediyormuş. Ona hiç durmadan en yetenekli öğrencisi olduğunu, yakında kendinin de bir muayenehane açıp hasta tedavi edebileceğini söylüyormuş. Şimdi bunları yinelemek bile içimi ürpertiyor. Düşünebiliyor musun? Ilaria o kırılganlığıyla, o karışık aklıyla, eksiklikleriyle bugünden yarına insanları tedavi edebilecekti. O olay olmasaydı, belki de gerçekleşecekti bu. Bana bir şey söylemeden o sahte şeyhin sanatını uygulayacaktı o da.

Doğal olarak bana bu tasarısından asla açık açık söz etmedi. Ona neden edebiyat fakültesinden aldığı diplomasından yararlanmadığını sorduğumda, kurnaz bir gülümsemeyle yanıt veriyordu, "Göreceksin, yararlanacağım."

Düşünürken acı veren pek çok şey var. Sana anlatmak daha da büyük bir keder. O dayanılmaz aylarda onun hakkında bir şey anlamıştım; o âna kadar aklıma bile gelmeyen ve sana söylemekle iyi mi kötü mü ettiğimi bilemediğim bir şey; her neyse senden bir şey saklamamaya karar verdim. Bütün çuvalı boşaltıyorum önüne. İşte, görüyorsun. Bir anda şunu anlamıştım: annen hiç de akıllı değildi. Bunu anlamak, bunu kabullenmek için çok uğraştım; bunun nedeni hem insanın kendi çocuğunda yanılmasıydı hem de o sahte bilgiç haliyle, bütün diyalektiği ile suları bulandırmayı çok iyi becermesiydi. Bunu zamanında fark edebilseydim, onu daha çok korur, onu daha bilinçli severdim. Koruyarak onu belki de kurtarabilirdim.

En önemli şey buydu ve ben bunu artık neredeyse yapacak hiçbir şey kalmadığında fark ettim. Durumun karmaşıklığı göz önünde bulundurulunca elimizden gelen tek hareket onu anlama ve isteme yeteneğinden yoksun ilan edip bir el koyma davası açmaktı. Avukatla birlikte bu kararı aldığımızı ona açıkladığım gün annen isterik bir ağlama krizine tutuldu. "Bunu özellikle yapıyorsun," diye bağırıyordu. "Bütün amacın elimden çocuğumu almak." Ne var ki, içinden böyle bir mahkeme kararıyla meslek yaşantısının sonsuza kadar elinden alınacağını düşündüğünden eminim.

Sanki bir uçurumun kenarında gözleri bağlı yürüyordu ve hâlâ bir kırda piknik yaptığını sanıyordu. O krizden sonra bana avukatı azledip bu olayın peşini bırakmamı söyledi. Kendi girişimiyle başka bir avukata danıştı ve elinde unutmabeni demeti ile geldiği güne kadar bir daha ortaya çıkmadı.

O gün dirseklerini sofraya dayayıp benden para istediği anda benim ruh halimi anlayabiliyor musun şimdi? Tamam, biliyorum, sözünü ettiğim senin annen ve belki şimdi benim bu sözlerimde boş bir acımasızlık hissediyorsun; benden nefret etmekte haklı olduğunu düşünüyorsun. Ama sana en başta söylediğimi anımsa, senin annen benim kızımdı, benim kaybım seninkinden çok daha büyük. Sen onun kaybı konusunda masumsun, ben hiç değilim. Arada bir ondan kızgınlıkla söz edersem, benim acımın ne kadar büyük olduğunu, bu acının sözlere dökülmesinin olanaksız olduğunu düşün. Ama bu kızgınlık yalnızca görünürde, bu sayede hâlâ ondan söz edebiliyorum.

Bana borçlarını ödememi söylediğinde, yaşamımda ilk kez, "Hayır," dedim, "kesinlikle hayır. Ben İsviçre bankası değilim," dedim ona. "Bende o kadar para yok. Olsa da sana vermezdim. Kendi hareketlerinden sorumlu olabilecek kadar büyüksün. Tek bir evim vardı, onun tapusunu senin adına geçirdim, onu elinden kaptırdıysan beni ilgilendirmez." O anda ağlayıp sızlanmaya başladı. Bir cümleye başlıyordu, yarıda kesiyordu, bir başkasına başlıyordu. İçeriği ve anlatışı birbirine uymuyordu, hiçbir anlam çıkarmayı beceremiyordum, hiçbir mantık yoktu.

"Bir tazminat gerekli, anlıyor musun, anlamıyor musun?" diye bağırırken gözlerinde korkunç bir ışık yanıyordu. İşte o zaman nasıl bilmem, patlayıverdim. Benimle birlikte mezara götürmeye yemin ettiğim sırrım dudaklarımdan çıkıverdi. Söylediğim an çoktan pişman olmuştum, dudaklarımdan içeri çekmek isterdim, bu sözleri yeniden yutabilmek için elimden geleni yapardım ama çok geçti. "Baban, senin gerçek baban değildi," cümlesi çoktan kulaklarına girmişti bile. Yüzü daha da ürkünç bir hal aldı. Yavaş yavaş ayağa kalkarken, gözlerini bana dikmişti. "Ne dedin?" Sesi zar zor duyuluyordu. Ben tuhaf bir biçimde yeniden sakinleşmiştim. "Duydun işte," diye yanıtladım, "babanın benim kocam olmadığını söyledim."

Ilaria nasıl mı tepki gösterdi? Çekip giderek. Bir insandan çok robotu andıran hareketlerle döndü ve bahçe kapısına yöneldi. "Bekle! Konuşalım!" diye seslendim çirkin ve tiz bir sesle.

Neden ayağa kalkmadım, neden peşinden koşmadım, neden onu durdurmak için hiçbir şey yapmadım? Çünkü ben de kendi söylediklerim yüzünden taş kesilmiştim. Anlamaya çalış, bunca yıl, bunca çabayla sakladığım sırrım anında çıkıvermişti ağzımdan. Bir saniyeden kısa bir sürede, kafesin kapısını açık bulan bir kanarya gibi uçup gitmiş ve gitmesini en istemediğim kişiye konmuştu.

Aynı gün öğleden sonra, saat altıda hâlâ altüst olmuş bir şekilde ortancaları sularken bir polis ekibi gelip bana kazayı haber verdi.

Şimdi akşamın geç saatleri, biraz ara vermek zorunda kaldım. Buck'a ve kuşa yiyecek verdim, kendi karnımı doyurdum. Biraz televizyon seyrettim. Benim delik deşik zırhım artık güçlü heyecanlara uzun süre dayanamıyor. Anlatmayı sürdürebilmek için yeniden soluk alıp şöyle bir dinlendim.

Bildiğin gibi annen hemen ölmedi, on gün yaşamla ölüm arasında gidip geldi. O günlerde hep yanındaydım. Bir an için gözlerini açmasını, ondan özür dilememe son bir kez olanak vermesini umut ettim. Makinelerle dolu küçük bir odada yalnızdık, küçük bir monitör kalbinin hâlâ attığını söylerken, bir başkası beyninin neredeyse durduğunu gösteriyordu. Onunla ilgilenen doktor, bu durumdaki hastaların bazen sevdikleri sesleri duymasının işe yaradığını söylemişti. Ben de bunun üzerine çocukken en sevdiği şarkıyı bulup getirmiştim. Minik bir teyple saatlerce bunu dinletiyordum. Gerçekten de bir şeyler anlıyor olmalıydı, çünkü ilk notalarda yüzünün anlatımı değişti, dudakları bebeklerin meme emdikten sonra yaptıkları gibi kımıldanmaya başladı. Sanki bir hoşnutluk gülümsemesiydi. Kim bilir belki beyninin etkin olan o minicik bölümünde o mutlu dönemlerin anıları saklıydı ve şimdi oraya sığınıyordu. O küçücük değişim bile beni sevince boğdu. Böyle durumlarda hiç yoktan bir şeye tutunuyor insan; onun başını okşamaya doyamıyor. "Canım, başarmalısın, önümüzde birlikte yaşayacağımız bir yaşam var, her şeye yeniden bambaşka biçimde başlayacağız," diye yineliyordum. Onunla konuşurken gözümün önüne bir sahne geliyordu: Dört ya da beş yaşındaydı. Bahçede en sevdiği bebeğinin elinden tutarak dolaşıyor, ona hep bir şeyler anlatıyordu. Ben mutfaktaydım, sesini duymuyordum. Arada bir gülüşü geliyordu kulağıma, güçlü, neşeli bir gülüş. Bir kez olsun mutlu olduysa diyordum o zaman gene olabilir. Onun yeniden doğmasını sağlamak için o noktadan, o küçük kızdan çıkmalıydım yola.

Doğal olarak, kazadan sonra doktorların bana ilk söyledikleri, yaşasa bile eski hali olmayacağıydı, felçli kalabilirdi ya da yalnızca bir tarafı hissedebilirdi. Ve şunu biliyor musun? Ben annelik bencilliği ile yalnızca yaşamasını düşünüyordum o kadar. Ne durumda olursa olsun önemi yoktu. Hatta onu tekerlekli iskemlesinde gezdirmek, yıkamak, yedirmek, onunla ilgilenmek, günahımı bağışlatmak için en iyi yoldu. Benim sevgim gerçek olsaydı, gerçekten olsaydı, gerçekten çok büyük olsaydı, onun ölümü için dua ederdim. Ne var ki, sonunda birisinin onu benden daha çok sevdiği belli oldu: Dokuzuncu gün, yüzünden o belirsiz gülümseme silindi ve öldü. Hemen fark ettim, yanındaydım, nöbetçi hemşireyi hemen çağırmadım, çünkü biraz daha onunla kalmak istiyordum. Yüzünü okşadım, ellerini çocukken yaptığım gibi ellerimin arasına aldım. "Canım," diyordum sürekli, "canım." Sonra elini bırakmadan yatağın yanına diz çöktüm ve dua etmeye başladım. Dua ederken ağladım.

Hemşire omzuma dokunduğunda hâlâ ağlıyordum. "Gelin, gidelim," dedi, "size sakinleştirici bir şey vereyim." İlaç istemedim, hiçbir şeyin acımı yatıştırmasını istemiyordum. Onu morga götürdükleri âna kadar orada kaldım. Sonra bir taksiye binip seni emanet ettiği arkadaşına gittim. O akşam benim evime taşınmıştın bile. "Annem nerede?" diye sordun akşam yemeğinde. "Annen yolculuğa çıktı," dedim o zaman. "Çok uzun bir yolculuk, taa gökyüzüne gitti." O sarışın başını eğip sessizce yemeyi sürdürdün. Bitirir bitirmez sordun: "Onu selamlayalım mı nine?" "Tabii tatlım," dedim ve seni kucağıma alıp bahçeye çıkardım. Uzun zaman otların üzerinde durduk, sen o minik elini yıldızlara doğru salladın.

1 Aralık

Bugünlerde üzerime bir keyifsizlik çöktü. Belirli bir nedeni yok, beden böyledir, iç dengeleri vardır, en ufak şey bunları bozmaya yeter. Dün sabah Signora Razman alışveriş yapıp geldiğinde yüzümü sapsarı gördü ve bunun nedeni olarak da ayı gösterdi. Gerçekten de bir önceki gece dolunay vardı. Ay, denizleri yerinden oynatabiliyor, bostandaki radikaları daha çabuk büyütüyorsa neden bizim doğamızı da etkilemesin ki? Sudan, gazdan, minerallerden ve başka nelerden yapıldık biz? Komşum gitmeden bana okunmuş gazetelerle dolu bir torba bıraktı, böylece günümü onların sayfaları arasında gezinerek geçirdim. Her sefer böyle olur! Gazeteleri görünce, tamam diyorum, şöyle bir karıştırır, yarım saat geçiririm, sonra daha ciddi bir işle uğraşırım. Oysa her sefer son sözcüğü okuyana dek elimden bırakamıyorum. Monako prensesinin mutsuz yaşantısına üzülüyorum, kız kardeşinin proleter aşklarına kızıyorum, bana çok ayrıntılı anlatılan her türlü kederli habere yüreğim sızlıyor. Ya mektupları! İnsanların yazmaya cesaret ettiklerine şaşmaktan kendimi alamıyorum. Yaşlı bir sofu değilim, en azından öyle olmadığımı sanıyorum, ama gene de bazı özgürlüklerin beni hayrete düşürmediğini söyleyemem.

Bugün hava oldukça soğudu. Bahçe gezintime çıkmadım, havanın çok soğuk olduğunu ve yerlerin don tutabileceğini düşünerek eski bir dal gibi düşüp kırılmayayım diye evde kaldım. Acaba beni hâlâ okuyor musun, yoksa beni daha iyi tanıdıkça, artık okumaya devam edemeyecek bir yadsıma duygusu mu doğdu içinde... Şu sıralar beni yöneten acele etme telaşı yüzünden sözlerin daha uygununu seçmeye, dolaylı yollardan anlatmaya ve durmaya halim yok. Sana söyledim, senin başlangıçta bir dayanak noktasına sahip olmaman yüzünden yaşadığın o başıboşluk, kaybolmuşluk duygusunu ben de yaşıyordum. Benim durumum belki daha da zordu. Biliyorum sende bu noksanlığın nedeni babanın kim olduğunu asla öğrenememenden ileri geliyor. Annenin nereye gittiğini söylemek bana hazin bir şekilde doğal gelirken, baban hakkındaki sorulara asla yanıt veremedim. Ne söyleyebilirdim ki? Kim olduğu hakkında en ufak bir fikrim yoktu. Bir yaz Ilaria Türkiye'de yalnız başına uzun bir tatil yapmıştı, o tatilden ilginç bir durumda döndü. Otuz yaşını geçmişti ve o yaşta kadınlar hâlâ bir çocuk sahibi olmamışlarsa, bir tuhaf duyguya kapılıp ne pahasına olursa olsun bir çocuk isterler, ne biçimde ve kimden olduğunun hiç önemi yoktur.

Kaldı ki, o dönemde hemen hemen bütün kadınlar feministti, annen de bir öbek kadınla bir kulüp kurmuştu. Söylediklerinde pek çok doğru şey, paylaştığım noktalar vardı, ama bu doğrular arasında zorlamalar, sağlıksız ve çarpık düşünceler de yok değildi. Bunlardan biri, kadınların bedenlerinin tümüyle ve tek sahibi olduklarıydı, böylece bir çocuk yapıp yapmama kararı yalnızca onlara ait olabilirdi. Erkek biyolojik bir gereksinmeden başka bir şey değildi ve basit bir gereksinme olarak da kullanılırdı. Bu şekilde davranan bir tek annen değildi. İki-üç arkadaşı daha aynı şekilde bebek sahibi olmuşlardı. Pek de anlaşılmaz bir şey değil, biliyor musun? Bir yaşam başlatabilme yetisi insanda her şeye gücü olma duygusunu uyandırıyor. Ölüm, karanlık, güvensizlik uzaklaşıyor, dünyaya senden bir parça bırakıyorsun ve bu mucize karşısında her şey yok oluyor.

Bu savı güçlendirmek için annenle arkadaşları hayvanlar dünyasından örnekler verirlerdi: "Dişiler," derlerdi, "erkekleri ile yalnızca çiftleşme döneminde buluşurlar, sonra herkes kendi yoluna gider ve yavrular anneleriyle kalırlar." Bunun doğru ya da yanlış bir anlayış olduğu kararını vermek durumunda değilim. Ama biliyorum ki biz insanız. Her birimiz bir ötekinden başka bir yüzle doğarız ve bu yüzü ömür boyu taşırız. Bir antilop antilop suratıyla doğar, aslan aslan suratıyla, hepsi türlerinin öteki üyeleriyle aynı surata sahiptir. Doğada görüntü hep aynıdır, oysa yüz, insana özgüdür, başka hiç kimseye değil. Yüz, sima, anlıyor musun? Her şey yüzdedir. Senin öykün, annen, baban, dedelerin, büyük dedelerin, hatta belki artık kimsenin anımsamadığı uzak bir amca bile senin yüzünde yansır. Yüzün gerisinde kişilik vardır, atalarından aldığın iyi ya da iyi sayılamayacak şeyler vardır. Yüz, bizim öncelikli kişiliğimizdir. Yaşamda bir düzen kurmamıza izin veren "işte buradayım" dedirten şeydir. Böylece on üç-on dört yaşlarına doğru sen ayna karşısında saatler geçirmeye başladığında, ne aradığını anlamıştım. Bazı sivilcelere, kara noktalara ya da birdenbire büyüyen burnuna bakıyordun ama başka şeyler de arıyordun. Annenin ailesinden aldığın çizgileri sayarak, almadıklarını belirleyerek, senin dünyaya gelmene neden olan adamın yüzü hakkında bir düşünce edinmeye çalışıyordun. Annenle arkadaşlarının fazla kafa yormadığı bir şey daha vardı: Günün birinde çocuk, aynada kendini incelerken içinde bir başkasının daha barındığını anlar ve bu başkası hakkında her şeyi bilmek ister. Bütün bir ömür boyunca annelerinin ya da babalarının yüzlerinin izini süren insanlar vardır.

Ilaria, bir yaşamın gelişmesi sırasında kalıtımın önemsiz olduğuna inanmıştı. Ona göre önemli olanlar, eğitim, çevre ve içinde büyünen ortamdı. Ben onun bu inancını paylaşmıyordum, bence bu iki öğe atbaşı giderdi: yarı çevre, yarı doğumdan beri içimizde taşıdığımız özellikler.

Sen okula başlayana dek hiç sorunum olmadı. Baban hakkında bir şey sormuyordun, ben de konuyu açmamaya özen gösteriyordum. İlkokula gider gitmez, sınıf arkadaşların ve öğretmenlerin verdiği kompozisyon konuları yüzünden, ansızın günlük yaşantında bir şeylerin noksan olduğunu fark ettin. Sınıfında doğal olarak anne babası ayrı ya da düzensiz koşullarda yaşayan pek çok çocuk vardı, ama hiç kimse baba konusunda senin hissettiğin mutlak boşluğu hissetmemişti. Sen altı-yedi yaşındayken sana annenin yaptığını nasıl açıklayabilirdim ki? Zaten, ben de senin Türkiye'de ana rahmine düştüğünden başka ne biliyordum ki? Bu yüzden sana elimdeki tek veri olan babanın ülkesinden yola çıkarak, inanman gereken bir öykü uydurdum.

Doğu masalları anlatan bir kitap almıştım ve her akşam sana bir masal okurdum. Bunlara dayanarak sana uygun bir tane de ben uydurmuştum, anımsıyor musun? Annen bir prensesti, baban da hilal ülkesinin prensiydi. Bütün prensler ve prensesler gibi birbirlerini ölesiye seviyorlardı. Ama bu aşk yüzünden sarayda çok kıskanılıyorlardı. En çok kıskanan da güçlü ve kötü bir adam olan Büyük Vezir'di. O prensese ve karnındaki bebeğe, kötü bir büyü yapmıştı. Tanrı'ya şükür ki prens sadık bir hizmetkâr tarafından uyarılmış, böylece annen bir gece köylü giysileri giyerek sarayı terk etmiş, buraya sığınmış ve sen bu kentte doğmuştun.

"Ben bir prensin kızı mıyım?" diye sorardın bana ışıldayan gözlerle. "Elbette," derdim, "ama bu çok gizli bir sır, asla hiç kimseye söylememelisin." Acaba bu tuhaf yalanla ne yapabileceğimi umuyordum? Hiç. Yalnızca birkaç yılı daha huzur içinde geçirmeni istiyordum. Günün birinde benim bu saçma masalıma inanmaktan vazgeçeceğini biliyordum. Büyük bir olasılıkla o gün benden nefret edeceğini de biliyordum. Ama sana bunu anlatmamak elimde değildi. Pek az olan cesaretimin tümünü de toplasam, sana asla, "Babanın kim olduğunu bilmiyorum, belki annen bile bilmiyordu," diyemezdim.

O yıllar cinsel özgürlük yıllarıydı, erotik etkinlikler bedenin sıradan işlevlerinden biri olarak görülüyordu. Her istenen, hemen yapılmalıydı, bugün biriyle, yarın ötekiyle gidilirdi. Annenin yanında onlarca genç gördüm, hiçbirinin bir aydan fazla sürdüğünü anımsamıyorum. Aşk konusundaki bu hercailik, zaten pek dingin olmayan Ilaria'yı herkesten çok altüst etmişti. Ben ona asla bir şey yasaklamadım, asla eleştirmedimse de, bu geleneklerin böylesine ani özgürlüğe kavuşması beni rahatsız ediyordu. Beni daha çok etkileyen bu karışıklık değil, duygulardaki müthiş yoksullaşmaydı. Yasaklar kalkalı, tekeşlilik unutulalı beri, tutku da unutulup gitmişti. Ilaria ve arkadaşlarını, bir davete zorunlu olarak katılan ve kendilerine her sunulanı tadına varmadan nezaket gereği yiyen davetlilere benzetiyordum; havuçların, kızartmalıların, tartöletlerin tadı onlara göre hep aynıydı.

Annenin seçiminde, geleneklerdeki yeni özgürlük kavramı rol oynamıştı, evet ama bence bir şeyler daha vardı. Zihnin işleyişi hakkında ne kadar bilgi sahibiyiz? Çok; ama her şeyi bilmiyoruz. Annenin, bilincinin karanlık bir köşesinde, karşısında baba diye gördüğü adamın babası olmadığını sezmediğini kim söyleyebilir? Pek çok huzursuzluğunun, dengesizliğinin altında acaba bu mu yatıyordu? Küçükken, genç kızlığında bu soruyu kendime hiç sormadım, ona yarattığım sahte dünya mükemmel işliyordu. Ama o yolculuktan üç aylık gebe olarak dönünce her şey zihnime üşüştü. Sahtelikten, yalandan kaçış olmuyor. Ya da bir süre kaçılıyor, ama en beklenmedik anda su yüzüne çıkıveriyor. Üstelik o anda bu yalanlar söylendikleri zaman sahip oldukları uysal, masum havadan sıyrılıyorlar; perde arkasında bekledikleri sırada korkunç canavarlara, her şeyi yutan katil balinalara dönüşüyorlar. Bunu fark ediyorsun ve bir an sonra seni sarmalıyor, yutuyor, çevrende ne var ne yoksa dehşetli bir açgözlülükle silip süpürüyorlar. Bir gün, on yaşındayken okuldan ağlayarak döndün. "Yalancı!" dedin bana ve odana kapandın. Masalın uyduruk olduğunu keşfetmiştin.

"Yalancı!" benim özyaşam öykümün adı bu olabilirdi. Doğduğum günden sonra bir tek yalan söyledim.

Bununla üç yaşam mahvettim.

4 Aralık

Yavru kuş hâlâ önümde, masanın üzerinde. Geçen günlere göre iştahı azaldı. Hiç durmadan bana seslenmekten vazgeçti, kımıldamadan oturuyor, başını da kutunun deliğinden uzatmaz oldu, tepesinden yeni yeni tüyler çıkıyor. Bu sabah soğuğa rağmen Razmanlarla seraya gittim. Son âna dek kararsızdım, hava bir ayının bile cesaretini kıracak kadar soğuktu, üstelik yüreğimin karanlık bir köşesinden bir ses, yeni çiçek ekmek senin neyine? diyordu. Ama Razmanlara gelemeyeceğimi söylemek için telefonu çevirirken bahçenin ne kadar soluk olduğunu gördüm ve bu bencilliğimden pişman oldum. Ben belki başka bir ilkbahar daha göremem ama senin göreceğin kesin.

Ne kadar sıkıntılıyım bu günlerde! Yazmadığım zaman odalarda dolaşıp duruyorum, ama hiçbir köşede huzur bulamıyorum. Elimden gelip de yaptığım ve uğraşırken de sakinleştiğim, zihnimi bir an için o hüzünlü anılardan uzaklaştırmaya yarayan tek bir iş yok. Bana öyle geliyor ki belleğin işlemesi derin dondurucununkine benziyor biraz. Hani içeride uzun süre bıraktığın bir şeyi çıkarınca nasıl olur bilirsin. Başlangıçta tuğla gibi serttir, kokusu, tadı yoktur, üzeri beyaz bir zarla kaplıdır; onu ateşe koyar koymaz yavaş yavaş formuna, rengine kavuşur, kokusu mutfağı sarar. Bunun gibi hüzünlü anılar da uzun zaman boyunca belleğin sayısız karanlık mağaralarının birinde uyuklarlar, orada yıllarca, on yıllarca, bir ömür boyunca kalırlar. Burada günlerden bir gün onlara eşlik etmiş olan acı, yeniden yıllar önce olduğu gibi yoğun ve yakıcı olarak ortaya çıkar.

Sana kendimden ve sırrımdan söz ediyordum. Ama bir öyküyü anlatabilmek için en başından başlamak gerekir ve başı da benim gençliğimde, büyüdüğüm ve yaşamayı sürdürdüğüm o sıra dışı yalnızlıkta yatıyor. Benim zamanımda zekâ, evlilik amaçlandığında son derece olumsuz bir çeyiz sayılırdı; dönemin geleneklerine göre bir hanım durgun ve hoş bir işçi olmalıydı. Sorular soran bir kadın, meraklı, huzursuz bir eş, istenecek en son şeydi. Bu yüzden genç kızlığımdaki yalnızlığım gerçekten müthişti. Gerçeği söylemek gerekirse on sekiz-yirmi yaşlarına doğru, şirin ve oldukça varlıklı olduğum için çevremde çırpınan hevesliler belirdi. Ne var ki, konuşmayı bildiğimi gösterir göstermez, yüreğimi açıp içindekileri döker dökmez, çevremde bir boşluk oluşuveriyordu. Elbette susup, olduğum gibi görünmeyebilirdim, ama ne yazık ki –ya da iyi ki– aldığım eğitime karşın bir yanım hâlâ canlı kalmıştı ve o yanım da sahte bir görünümü reddediyordu.

Liseyi bitirince, bildiğin gibi eğitimime devam edemedim. Çünkü babam buna karşı çıktı. Benim açımdan çok acı bir karardı bu. İşte bu yüzden öğrenme konusunda hâlâ açtı gözüm. Delikanlının biri tıp okuduğunu söyler söylemez onu soru yağmuruna tutuyor, her şeyi öğrenmek istiyordum. Aynı şeyi geleceğin mühendislerine, avukatlarına da yapıyordum. Benim bu davranışım kafalarını çok karıştırıyordu, sanki beni kişilerden çok işleri, eğitimleri ilgilendirir gibi oluyordu, belki de öyleydi zaten. Kız arkadaşlarımla, okul arkadaşlarımla konuşurken onlardan birkaç ışık yılı uzakta olduğumu hissediyordum.

Beni ve onları ayıran hendek, dişilik cilveleriydi. Ben bundan ne kadar habersizsem, onlar da bunu alabildiğine ilerletmişlerdi. Görünürdeki gururun, özgüvenin ardında erkekler inanılmaz derecede kırılgan ve saftırlar; içlerindeki kaldıraç son derece ilkeldir, onları balık gibi tavaya düşürmek için tek bir düğmeye basmak yeter. Ben bunu oldukça geç anladım, ama kız arkadaşlarım on beş-on altı yaşlarında bunu biliyorlardı bile.

Son derece doğal bir beceriyle, küçük pusulalar alıyorlar ya da reddediyorlardı. Randevular verip gitmiyorlar ya da çok geç gidiyorlardı. Dans ederken bedenlerinin doğru yeriyle sürtünüyorlardı eşlerine ve sürtünürken de erkeklerin gözlerinin içine genç ceylanların gözlerindeki derin ifadeyle bakıyorlardı. Dişilik cilvesi budur, erkekler konusunda başarıya götüren hileler bunlardır. Ama ben, biliyorsun bir patatesten farksızdım. Çevremde olan bitenden hiçbir şey anlamıyordum. Sana tuhaf gelebilir, ama içimde derin bir dürüstlük duygusu vardı ve bu dürüstlük asla ama asla bir erkeği kandıramayacağımı söylüyordu. Günün birinde sabahlara kadar bıkmadan çene çalabileceğim bir delikanlı bulacağımı düşünüyordum; onunla konuştukça her şeyi aynı gözle gördüğümüzü anlayacak, aynı heyecanları duyacaktık. İşte o zaman aşk doğacaktı, bu, dostluk, güven üzerine dayalı bir aşk olacaktı, kandırma üzerine değil.

Aşk dolu bir arkadaşlıktı istediğim. Bu açıdan sözcüğün eski anlamıyla yiğitçe bir düşünce tarzım vardı. Peşimdeki erkeklerin gözünü korkutan sanırım eşitliğe dayalı bir ilişki aramamdı. Böylece yavaş yavaş ben de çirkinlerin kaderi olan o bekleme aşamasına girdim. Çevrem arkadaş doluydu ama bu tek yönlü bir arkadaşlıktı. Bana gelip kendi aşk sorunlarını anlatıyorlardı. Kız arkadaşlarım birbiri ardına evleniyorlardı. Bana öyle geliyor ki, yaşamımın bu döneminde düğünlere gitmekten başka bir şey yapmadım. Yaşıtlarımın çocukları doğuyordu, ben hâlâ evde kalmış teyzeleriydim, annemlerin evinde sonsuza kadar bekâr kalmaya razı olmuş durumda oturuyordum. "Anlamıyorum neler kuruyorsun şu aklında?" diyordu annem, "ne onu beğeniyorsun, ne ötekini!" Onlara göre karşı cinsle karşılaştığım zorluklar benim kişiliğimin tuhaflığından kaynaklanıyordu. Üzülüyor muydum? Bilmiyorum...

Gerçekte içimde yanıp tutuşan bir aile kurma arzusu yoktu. Dünyaya bir çocuk getirme düşüncesi gözümü korkutuyordu. Kendim çocukken çok üzülmüştüm, başka bir masum yaratığa acı çektirmekten korkuyordum. Kaldı ki, hâlâ bu evde yaşasam da son derece bağımsızdım ve günün her saati benimdi. Biraz para kazanmak için Eski Yunan ve Latin dillerinde özel ders veriyordum. Bunlar okulda en sevdiğim derslerdi. Bunun dışında hiçbir işim yoktu. Öğleden sonralarımı kimseye hesap vermeden belediye kitaplığında geçirebilir, canım istedikçe dağa gidebilirdim.

Anlayacağın, benim yaşantım, öteki kadınlara göre çok özgürdü ve bu özgürlüğü yitirmekten korkuyordum. Gene de bütün bu özgürlüğün, bu görüntüdeki mutluluğun zaman geçtikçe daha sahte ve zorlama olduğunu hissediyordum. Başlangıçta bana bir ayrıcalık olarak görünen yalnızlık, canımı sıkmaya başlamıştı. Annemle babam yaşlanıyorlardı, babama felç gelmişti, zor yürüyordu. Her gün, koluna girerek, onunla gazete almaya gidiyordum, o sıralar yirmi yedi-yirmi sekiz yaşlarında olmalıyım. Günün birinde onunla yürürken vitrinlerde yansıyan görüntümü görünce ben de kendimi çok yaşlı hissettim ve yaşantımın nasıl bir yöne kaydığını fark ettim; yakında o ölecekti, annem onun peşinden gidecekti, kitaplarla dolu koca evde yalnız kalacak, zaman öldürmek için nakış işleyecek, suluboya resim yapacaktım, yıllar da uçup gidecekti. Sonra bir gün, uzun zamandır ortalıkta görünmediğim için meraklanan itfaiyeciler kapıyı kıracak ve yerde yatan cansız bedenimi bulacaklardı. Ölecektim ve benden geriye kalan o kuru bedenin, böcek ölülerinden hiç farkı olmayacaktı.

Kadın bedenimin yaşamadan solduğunu hissediyordum, bu da bana müthiş hüzün veriyordu. Sonra, kendimi yalnız, çok yalnız hissediyordum. Doğduğumdan beri konuşacak, gerçek anlamda konuşabilecek hiç kimsem olmamıştı. Elbette çok zekiydim, çok okuyordum, babam gururla şöyle diyordu: "Olga evlenmeyecek, çünkü aklı çok fazla." Ama bütün bu var olduğu sanılan zekâ, insanı bir yere götürmüyordu, ne bileyim, ne bir yolculuğa çıkabiliyordum, ne derinlemesine bir konuda çalışabiliyordum. Üniversiteye gidememiş olmaktan ötürü kanatları budanmış bir kuş gibiydim. Aslında benim beceriksizliğimin, yeteneklerimi kullanmayışımın nedeni bu değildi. Schliemann, Truva'yı kendi özel eğitimiyle bulmamış mıydı? Beni frenleyen başka bir şeydi, içimdeki o minik ölüydü, anımsıyor musun? Beni durduran, ilerlememi engelleyen oydu. Duruyor ve bekliyordum. Neyi? Bu konuda en ufak bir fikrim yoktu.

Augusto'nun evimize ilk geldiği gün kar yağmıştı. Bunu anımsıyorum. Çünkü bizim buralarda kar ender olarak yağar ve kar yüzünden konuğumuz öğle yemeğine geç kalmıştı. Augusto da, babam gibi kahve dışalımı ile uğraşıyordu. Trieste'ye geliş nedeni bizim şirketin satışı konusunda bilgi almak, pazarlık yapmaktı. Babam, felç geldikten sonra, oğlu da olmadığı için son yıllarını huzur içinde geçirmek amacıyla şirketi satmaya karar vermişti. İlk karşılaşmada Augusto'yu çok sevimsiz bulmuştum. Bizim oraların deyimiyle İtalya'dan geliyordu ve bütün İtalyanlar gibi sinirime dokunan, kendini beğenmiş bir hali vardı. Tuhaf ama genellikle sonradan yaşantımızın en önemli kişisi haline gelen insanlardan ilk anda hoşlanmayız. Yemekten sonra babam, dinlenmeye çekilmişti, ben de saatini bekleyen konuğumuzla ilgilenmek üzere salonda bırakılmıştım. Çok sıkılmıştım ve belli ediyordum. Yalnız kaldığımız o bir saatte ona pek kaba davrandım. Her sorusuna tek sözcükle yanıt veriyordum, o susarsa ben de susuyordum. Sonunda kapıda, "Size veda ediyorum, küçükhanım," derken, düşük sınıftan bir erkeğe veda eden soylu bir hanımefendi gibi uzattım elimi.

"Bir İtalyan olarak Signore Augusto sevimli biri," demişti annem akşam yemeğinde. "Dürüst bir insan," diye yanıtlamıştı babam. "İşlerinde de başarılı," O anda tahmin et bakalım ne oldu? Dilimi tutamadım ve, "Alyansı da yok parmağında!" deyiverdim, beklenmedik bir canlılıkla. Babam buna yanıt olarak, "Evet, zavallıcık dul," dediğinde kırmızıbiber gibi kızarmış ve çok utanmıştım.

İki gün sonra bir dersten döndüğümde, girişte yaldızlı kâğıda sarılı bir paket buldum. Yaşamımda bana gelen ilk paketti bu. Kimin göndermiş olduğunu asla tahmin edemiyordum. Kâğıdın altında bir kart vardı. "Bu şekerlemeleri bilir misiniz?" yazıyordu, altında da Augusto'nun imzası vardı.

Akşam, o şekerlemeler komodinin üzerinde dururken gözüme uyku girmiyordu. Babama karşı bir nezaket davranışı olarak göndermiştir diye düşünüyor ve badem ezmelerini birbiri ardına yiyordum. Üç hafta sonra Augusto Trieste'ye döndü, öğle yemeğinde bu gelişini de; "İş için," diye açıkladı ama hemen yola çıkmaktansa kentte bir süre oyalandı. Veda etmeden önce babamdan, beni otomobille gezdirme izni aldı ve babam da bana bir şey demeden izin verdi. Bütün bir öğleden sonra kentin sokaklarında dolaştık, az konuşuyordu. Bana anıtlar hakkında sorular soruyordu. Sonra da sessizce beni dinliyordu. Beni dinliyordu, bu benim için gerçek bir mucizeydi.

Yola çıktığı sabah, bana bir demet gül göndermişti. Annem pek heyecanlanmıştı, bense önemsemiyormuş gibi yaparak içindeki kartı alıp okumadan birkaç saat geçmesini beklemiştim. Kısa bir süre içinde bu ziyaretler haftalık oldular. Her cumartesi Trieste'ye geliyor, pazar akşamı kendi kentine dönüyordu. Küçük Prens, tilkiyi evcilleştirmek için ne yapıyordu anımsıyor musun? Her gün yuvasının önüne gidip çıkmasını bekliyordu. Böylece yavaş yavaş tilki onu tanımayı ve korkmamayı öğrendi. Bununla da kalmadı ve küçük dostunun ona anımsattığı her şey karşısında heyecanlanmayı da öğrendi. Aynı taktikle baştan çıkartılan ben de onu beklerken perşembeden heyecanlanmaya başlıyordum. Evcilleştirme süreci başlamıştı. Bundan bir ay sonra bütün yaşantım hafta sonunu bekleme üzerine kurulmuştu. Kısa sürede aramızda derin bir güven bağı oluşmuştu. Onunla konuşabiliyordum, benim zekâmın ve öğrenme arzumun değerini anlıyordu; ben de onun sakinliğinden, dinlemeye hazır oluşundan, genç bir kadına yaşça daha büyük bir erkeğin sağladığı o güven ve koruma duygusundan hoşlanıyordum.

1940 yılının bir haziran günü sade bir törenle evlendik. On gün sonra İtalya savaşa girdi. Güvenlik nedeniyle annem Veneto bölgesinde dağlık bir köye sığındı, bense kocamla Aquila'ya gittim.

O yılların tarihini yalnızca kitaplardan okumuş, yaşamak yerine ders olarak öğrenmiş olan sen, o dönemin bütün o hazin olaylarından sana şimdiye dek hiç söz etmemiş olmama şaşabilirsin. Faşizm vardı, ırk ayrımına dayalı yasalar vardı, savaş patlamıştı ve ben yalnızca küçük kişisel mutsuzluklarımla, ruhumdaki milimetrik kımıltılarla haşır neşirdim. Ama benim bu davranışımın olağanüstü, tuhaf bir durum olduğunu sanma. Küçük politize bir grup dışında, kentimizdeki herkes böyle davranıyordu. Babam sözgelimi faşizmin bir hokkabazlık olduğunu düşünüyordu. Evdeyken Duce'den, "O karpuzcu," diye söz ediyordu. Ama sonra düzenin önemli adamlarıyla yemeğe gidiyor, geç saatlere dek onlarla konuşuyordu. Aynı şekilde ben de İtalyan Cumartesi'sine gitmeyi, dul bir kadın gibi kara gömlekler giyip yürümeyi, marşlar söylemeyi son derece gülünç ve sıkıcı buluyordum. Gene de gidiyordum, huzurlu yaşayabilmek için katlanmak gereken bir sıkıntı olarak niteliyordum bunu. Evet, pek dürüst ve şanlı bir davranış değildi ama çok rastlanan bir düşünce tarzıydı. Huzurlu yaşamak insanın en güçlü tutkularından biridir, o zamanlar öyleydi, herhalde şimdi de öyledir.

Aquila'da Augusto'nun ailesinin evine taşındık, kent merkezinde soylulara ait bir yapının giriş katında geniş bir daireydi burası. Koyu renkli, ağır mobilyalarla döşenmiş, ışığın pek az girdiği, korku verici bir görünümü olan bir evdi. Girer girmez yüreğimin sıkıştığını hissettim. Altı aydır tanıdığım bu adamla, tek bir arkadaşımın bile olmadığı bu kentte ve bu evde mi yaşayacağım diye sordum kendime. Kocam içine düştüğüm bu bunalımı anlayarak, ilk iki hafta beni oyalayabilmek için elinden geleni yaptı. Günaşırı arabayı alıyordu, çevredeki dağlarda gezintiler yapıyorduk. Her ikimiz de doğa gezilerine düşkündük. O güzelim dağları, tepelerde kayalar gibi dizilmiş evleri gördükçe biraz huzura kavuşmuştum, en azından kuzeyden, evimden ayrılmamışım gibi gelmişti. Bol bol konuşmayı sürdürüyorduk. Augusto doğayı, özellikle böcekleri çok seviyordu. Yürürken bana pek çok şey anlatıyordu. Doğa konusundaki bilgilerimin pek çoğunu ona borçluyum.

O iki hafta bizim balayımız olmuştu ve sonra o işine dönmüş, ben de o büyük evde yalnız başıma yeni yaşamıma başlamıştım. Yanımda yaşlı bir hizmetkâr vardı, evin belli başlı işleriyle o ilgileniyordu. Bütün kentli hanımlar gibi öğle ve akşam yemeklerini kararlaştırmaktan başka bir işim yoktu. Her gün tek başıma çıkıp uzun yürüyüşler yapmayı alışkanlık edindim. Öfkeli adımlarla sokakları ileri geri arşınlıyordum, aklımda pek çok düşünce vardı, bu düşünceleri açıklığa kavuşturamıyordum. Onu seviyor muyum? diye soruyordum kendime ve yol ortasında duruveriyordum, yoksa gözlerim mi kamaşmıştı? Sofraya oturduğumuzda ya da akşam salonda bakıyordum ona ve kendi kendime soruyordum: Ne hissediyorum? Bir şefkat, bir muhabbet hissediyordum, bu kesin, onun da bana karşı beslediği duygular bunlar olmalıydı. Ama aşk bu muydu? Hepsi bu muydu? Başka bir deneyimim olmadığı için buna yanıt veremiyordum.

Bir ay sonra ilk dedikodular kocamın kulağına gelmeye başladı. "Alman kadın," diyorlardı, "bütün gün kendi başına sokaklarda geziyor." Dehşete kapılmıştım. Bambaşka alışkanlıklarla yetişen ben, bu masum yürüyüşlerin böyle bir skandala yol açacağını hayal bile edemezdim. Augusto üzülmüştü, benim için bunun akıl almaz bir şey olduğunu anlıyordu, ama gene de kentin huzuru ve onun adının onuru için bu yalnız başıma dolaşmalarıma ara vermem ricasında bulundu.

O yaşantımın altıncı ayında kendimi tamamen sönmüş, solmuş hissediyordum. İçimdeki minik ölü, kocaman bir ölüye dönüşmüştü, bir robot gibi davranıyordum, gözlerimin feri kaçmıştı, donuk donuk bakıyordum. Konuşurken, sözlerim bana sanki başkasının ağzından çıkar gibi uzak geliyordu. Bu arada Augusto'nun iş arkadaşlarının hanımlarıyla tanışmıştım, perşembeleri kent merkezindeki bir kahvede onlarla buluşuyordum.

Hemen hemen aynı yaşta olmamıza karşın, birbirimize söyleyecek pek az şeyimiz vardı. Aynı dili konuşuyorduk ama bu tek ortak noktamızdı.

Kendi ortamına dönünce Augusto kısa bir süre sonra oralı erkekler gibi davranmaya başladı. Yemeklerde artık hiç konuşmaz olmuştuk, ben ona bir şey anlatmak için kendimi zorlasam, bir evet, hayırla yanıt veriyordu. Akşamları genellikle kulübe gidiyordu, evde kaldığında da çalışma odasına kapanıp böcek koleksiyonunu düzenliyordu. En büyük hayali kimsenin bilmediği bir böcek bulmak ve kendi adıyla bilim kitaplarına geçirmekti. Bense adımın sürmesinin bambaşka bir yolla gerçekleşmesini, bir çocuğum olmasını istiyordum. Artık otuz yaşındaydım ve zamanın giderek daha hızlı kayıp gittiğini fark ediyordum. Bu konuda da işler çok kötü gidiyordu. Oldukça hayal kırıklığına uğratıcı geçen ilk geceden sonra, fazla bir şey olmadı. Bana öyle geliyordu ki Augusto'nun isteği, yemek saatlerinde evde birini bulmak, pazarları kilisede gururla çevresindekilere göstereceği biri olmasıydı, ama bu huzur verici kadın görüntüsünün dışında pek bir şey gerekmiyordu. Benle flört ederken yanımda olan o hoş ve nazik adama ne olmuştu? Aşk bu biçimde mi bitecekti? Augusto bana kuşların baharda dişileri baştan çıkartmak için daha kuvvetli öttüklerini, böylece yuvayı birlikte kurmayı garanti ettiklerini anlatmıştı. O da öyle yapmıştı, beni yuvanın içinde gördükten sonra varlığımla ilgilenmeyi bırakmıştı. Oradaydım, onu işitiyordum o kadar.

Ondan nefret ediyor muydum? Hayır. Sana tuhaf gelecek ama nefret etmeyi de beceremiyordum. Bir insandan nefret etmek için onun seni kırması, sana kötülük yapması gerekir, değil mi? Augusto bana hiçbir şey yapmıyordu, işin en kötü yanı da buydu. Acıdan ölmektense, bir hiçten ölmek daha kolaydır, acıya isyan edebilirsin, hiçe hayır.

Annem ve babamla konuştuğumda doğal olarak onlara her şeyin yolunda gittiğini söylüyor, mutlu gelin sesi ile konuşmaya çalışıyordum. Beni güvenli ellere emanet ettiklerine inanıyor, bunu bozmak istemiyorlardı. Annem hâlâ dağda gizleniyordu, babam ona bakan uzak bir kuzinle aile evimizde oturuyordu. "Yenilik var mı?" diye ayda bir soruyordu, ben de ona düzenli olarak hayır diyordum, gene hayır. Bir torunu olmasını çok istiyordu, yaşlılıkla birlikte hiç sahip olmadığı bir sevecenlik sarmıştı babamı. Bu değişimle onu kendime biraz daha yakın hissediyordum. Beklentileri konusunda hayal kırıklığına uğratmak hoşuma gitmiyordu. Öte yandan bu uzun kısırlığın nedenini ona anlatabilecek kadar da yakın değildim. Annem her satırından süslü bir yazın dili damlayan uzun mektuplar yazıyordu. Benim sevgili kızım, diye yazıyordu kâğıdın tepesine ve altına en ince ayrıntısına kadar o gün olan biten her olayı sıralıyordu. En sonuna da torunu için ördüğü bilmem kaçıncı tulumu bitirdiğini ekliyordu. Bense gittikçe içime kapanıyor, her sabah aynada kendimi daha çirkin buluyordum. Arada bir akşamları Augusto'ya, "Neden konuşmuyoruz?" diye soruyordum. O da bana, "Ne hakkında?" diye sorarken bir böceği incelediği büyütecinden gözlerini bile ayırmıyordu. "Bilmem," diyordum, "bir şeyler anlatalım birbirimize." Bunun üzerine başını sallıyor ve, "Olga, senin hayal gücün gerçekten hasta," diyordu.

Hani köpeklerin uzun bir birliktelikten sonra efendilerine benzedikleri söylenir ya, bana öyle geliyordu ki, kocam için de aynı şey söz konusuydu. Zaman geçtikçe her şeyiyle bir kınkanat böceğe benziyordu o da. Hareketlerinde artık insansı bir yan yoktu, akışkan değil geometrik devinimleriyle her bir kımıltısıyla tek tek izlenebilirdi. Sesinde de bir tuhaflık vardı, boğazının belirsiz bir yerinden metalik bir tını gürültüyle yükseliyordu. Böceklerine ve işine tutkuyla bağlıydı ama bu ikisi dışında onu hiçbir şey harekete geçiremezdi. Bir kez cımbızıyla tuttuğu iğrenç bir böceği, sanırım köstebek çekirgesi idi, göstererek, "Şu çene kemiğine bir bak," demişti, "bunlarla her şeyi yutar." Aynı gece düşümde Augusto'yu o böcek biçiminde gördüm, kocamandı, gelinliğimi kâğıtmış gibi kemiriyordu.

Bir yıl sonra ayrı odalarda yatmaya başladık, o gece geç saatlere kadar böcekleriyle uğraşıyor, beni rahatsız etmek istemiyordu, en azından bana böyle demişti. Bu şekilde anlatınca evliliğim sana korkunç bir şey gibi görünebilir ama olağan dışı bir şey yoktu. Evlilikler o dönemde hemen hemen hep böyleydiler, iki kişiden biri ölene kadar süren küçük ev cehennemleriydiler.

Neden isyan etmiyordum, neden bavulumu alıp Trieste'ye gitmiyordum?

Çünkü o zamanlar ne ayrılık vardı, ne de boşanma. Bir evliliği bozmak için çok kötü davranışlar gerekliydi, ya da isyankâr bir karaktere sahip olup, kaçıp serseri gibi dünyayı dolaşmak söz konusuydu. Ama isyan, bilirsin bana özgü bir davranış değildir ve Augusto da bana değil el, parmak bile kaldırmamıştı, sesini de çıkartmamıştı. Asla hiçbir şeyimi eksik etmedi. Pazarları ayinden dönerken, Nurzia Biraderler Pastanesi'ne uğrardık ve canım ne çekerse hepsini alırdı. Her sabah hangi duygularla uyandığımı tahmin etmen zor olmayacak. Üç yıllık evlilikten sonra tek bir düşüncem vardı, o da ölümdü.

Augusto ilk karısından bana hiç söz etmezdi, ona bu konuda soru sormaya cesaret edebildiğim ender zamanlarda da konuyu değiştirirdi. Zamanla kış öğleden sonralarında o hayalet kokan odalar arasında gidip gelirken, Ada'nın –ilk eşinin adı buydu– hastalık ya da kazadan ölmediğini, kendini öldürdüğünü düşünmeye başlamıştım. Hizmetçi dışarıdayken bütün zamanımı bazı vidaları söküp, çekmeceleri demonte etmekle geçiriyor, bir iz, benim kuşkumu doğru çıkartacak bir kanıt arıyordum öfkeyle. Yağmurlu bir günde, bir gardırobun yer tahtasının altında kadın elbiseleri buldum, onundular. Kara renkli bir taneyi çekip çıkarttım ve giydim, aynı bedendik. Aynada kendime bakarken, ağlamaya başladım. İçten içe, hıçkırmadan, kaderimin çizilmiş olduğunu bilen biri gibi ağlıyordum. Evin bir köşesinde, Augusto'nun dindar annesinden kalma ve dua ederken diz çökmek için yapılmış masif bir tahta dizlik vardı. Ne yapacağımı bilemediğim zaman o odaya kapanıyor, ellerimi bitiştirip saatlerce kalıyordum. Dua ediyor muydum? Bilmiyorum. Benden daha akıllı biriyle konuşuyor ya da konuşmaya çalışıyordum. Tanrı'm, diyordum, bana yol göster. Yaşamım buysa bana katlanma gücü ver. Bir eş olarak zorunlu olduğum haftalık kilise ziyaretleri, çocukluğumdan beri içime gömdüğüm soruları yeniden kendime sormama neden oldu. Günnük kokulu tütsü ve orgun sesi beni sersemletiyordu. Kutsal metinleri dinlerken içimden bir şeyler hafifçe kımıldıyordu. Ama cemaatimizin papazını yolda gördüğümde, üzerinde kutsal, süslü giysileri yokken, onun süngere benzeyen burnuna ve domuzcuk gözlerine bakarken, o saçma ve son derece sahte sorularını dinlerken, artık içimde hiçbir şey titreşmiyordu ve kendi kendime, işte diyordum, bu bir kandırmacadan başka bir şey değil. Güçsüz zihinlerin içinde bulundukları baskıyı katlanılabilir kılmak için uydurulmuş bir yol. Buna karşın evin sessizliğinde İncil'i okumaktan hoşlanıyordum. İsa'nın pek çok sözünü harika buluyordum, yüksek sesle yineleyecek kadar heyecanlanıyordum.

Benim ailem hiç dindar değildi, babam kendini özgür düşünceli biri olarak nitelerdi. Annemse iki kuşak önce Hıristiyan olmuş bir aileden gelir, ayinlere yalnızca genel ve sosyal kurallara uymak açısından düzenli katılırdı. Onu inanç konusunda sorguladığım ender zamanlarda bana, "Bilmem, bizim ailemiz dinsizdir," demişti. Dinsiz. Bu sözcük çocukluğumun en hassas döneminde, kendimi yüce şeyler hakkında sorgularken, ağır bir kaya gibi ezdi beni. Bu sözcüklerde bir aşağılama, küçük görme vardı. Bir dini kucaklamak için ötekini terk etmiştik, ama yenisine de en küçük saygıyı göstermiyorduk. Biz ihanet etmiştik ve bütün hainler gibi ne yerde, ne gökte yer vardı bize.

Böylece rahibe okulunda öğrendiğim birkaç mesel dışında otuz yaşına kadar din konusunda başka bir bilgim olmamıştı. Tanrı'nın krallığı, bizim içimizdedir diye yineliyordum, evde dolaşırken. Yineliyor ve nerede olabileceğini tahmin etmeye çalışıyordum. Gözümün bir periskop gibi içime indiğini, gövdemin köşe bucağını araştırdığını, zihnimin en gizemli kıvrımları arasına baktığını görüyordum. Neredeydi Tanrı'nın krallığı? Göremiyordum, yüreğimin çevresini sis basmıştı, ağır bir sisti. Cennet sandığım o aydınlık ve yeşil tepeler görünmüyordu. Bazı anlar, bütün evde kalmışlar, dullar gibi delirdiğimi sanıyordum, yavaş yavaş, gözle fark edilemeyecek biçimde mistik çıldırmanın eşiğindeyim diyordum. Bu yaşantının dördüncü yılında, artık gerçek ve sahte olayları ayıramaz olmuştum. Yakındaki Duomo'nun çanları on beş dakikada bir çalıyor, zamanın geçtiğini bildiriyorlardı, ben de bunu duymamak, en azından daha az duyabilmek için kulaklarıma pamuk tıkıyordum.

Augusto'nun böceklerinin ölü olmadığı gibi bir saplantı edinmiştim. Geceleri evin her yanını sardıklarını düşünüp, çıtırtılar işitiyordum. Duvar kâğıtlarına tırmanıyorlar, mutfak fayanslarını aşıyorlar, salon halılarının arasından geçiyorlar sanıyordum. Yatakta öylece oturuyor ve kapının altından odama gireceklerini düşünüp soluğumu tutuyordum. Bu durumumu Augusto'dan saklamaya çalışıyordum. Sabahları dudaklarımda yapmacık bir gülümsemeyle onu uğurlarken, öğlene ne yemek yapacağımı bildiriyordum, kapıdan çıkana kadar gülümsemeyi sürdürüyordum. Aynı yapmacık gülümsemeyle dönüşünde karşılıyordum onu.

Evliliğim gibi, savaş da beşinci yılına girmişti, şubat ayında Trieste'ye de bombalar düştü. Son hava akımında çocukluğumun geçtiği ev bütünüyle yıkıldı. Tek kurban, babamın arabaya koştuğu at olmuştu, onu bahçede ön ayakları kopmuş olarak bulmuşlardı.

O zamanlar televizyon yoktu, haberler daha yavaş yayılırdı. Evimizi yitirdiğimizi ertesi gün babam telefon edince öğrendim. "Alo" deyişinden kötü bir şey olduğunu anlamıştım, uzun zamandır yaşamayı bırakmış bir insanın sesiydi bu. Artık dönecek bir yerimin de olmayışı beni gerçekten yıktı. İki-üç ay boyunca evin içinde trans halinde dolaştım. Beni bu uyuşukluktan sarsacak bir güç yoktu, yıllarımın aynı tek renk ve tekdüzelikle ölümüme dek sürecek olması yüreğimi sıkıştırıyordu.

Her zaman yapılan yanlış nedir, bilir misin? Yaşamın değişmez olduğunu sanmak, trenin ray değiştirmeden sonsuza kadar gideceğini düşünmektir. Oysa kaderin hayal gücü bizimkinden daha renklidir. Artık çıkış yolunun kalmadığını sandığın bir durumda umutsuzluğun zirveye vardığında, rüzgâr hızıyla her şey değişir, altüst olur ve bir andan ötekine geçerken kendini yeni bir yaşantının içinde bulursun.

Evin bombalanmasından iki ay sonra savaş bitti. Ben hemen Trieste'ye gittim, annem ve babam başka insanlarla geçici olarak bir eve sığınmışlardı. Uğraşacak o kadar çok ayrıntı vardı ki bir hafta sonra Aquila'da geçirdiğim yılları unutmuştum bile. Bir ay sonra Augusto da gelmişti. Babamdan satın aldığı şirketi yeniden ele almalıydı, savaş yılları boyunca onu kendi haline bırakmıştı ve hemen hemen hiç iş yapmamıştı. Sonra bir evleri bile olmayan anne babam vardı ve artık gerçekten yaşlanmışlardı. Beni şaşırtan bir çabuklukla Augusto kendi kentini terk ederek, Trieste'ye taşınma kararı aldı, tepedeki bu evi satın aldı ve sonbahardan önce hepimiz buraya yerleşmiştik bile.

Bütün tahminlerin tersine, aramızdan ilk ayrılan annem oldu. Yaz başından az sonra öldü. O inatçı huyu yalnızlık ve korku dolu yıllarda törpülenmişti. Onun ölümü ile bir evlat sahibi olma arzum yeniden depreşti. Gene Augusto ile yatıyordum ama geceleri aramızda pek bir şey olmuyordu. Zamanın büyük bölümünü bahçede babamla oturarak geçiriyordum. Güneşli bir öğleden sonra bana şöyle dedi: "Şifalı sular karaciğerlerde ve kadınlarda mucizeler yaratır."

İki hafta sonra Augusto beni trenle Venedik'e götürdü. Oradan sabahın ilerleyen saatlerinde Bologna trenine binecektim, bir tren daha değiştirdikten sonra akşama doğru Porretta Kaplıcalarına varacaktım.

Gerçeği söylemek gerekirse kaplıcaların yararına pek inandığım yoktu, buraya gitmeye karar vermemdeki en büyük etken yalnız kalma arzumdu, geçen yıllarda olduğundan farklı bir biçimde kendi kendimle baş başa kalacaktım. Çok acı çekmiştim. İçimde ölmeyen hiçbir nokta kalmamıştı, yangından sonra kömürleşmiş bir kır gibiydim. Yağmurla, güneşle, havayla, altta kalan o pek az canlı doku yavaş yavaş yeşerecek bir enerji bulabilirdi.

10 Aralık

Sen gideli beri gazete okumuyorum, sen alırdın eskiden, şimdi kimse bana getirmiyor. Başlangıçta bunun noksanlığı beni rahatsız ettiyse de yavaş yavaş bu rahatsızlık bir rahatlamaya dönüştü. Bunun üzerine Isaac Singer'in babasını anımsadım. "Çağdaş insanın bütün alışkanlıkları arasında, günlük gazeteleri okuması en kötü alışkanlık olarak sayılabilir," derdi. Sabah, ruhun en açık olduğu anda, gazeteler bir önceki gün dünyada yaşanmış olan bütün kötülükleri insana akıtırlar. Ama zamanında ondan kurtulmak için gazete okumamak yetiyordu. Bugün artık bu mümkün değil; radyo ve televizyon var, bunları bir an için açman bütün kötülüklerin içine doluşması için yetiyor.

Bu sabah da öyle oldu. Giyinirken bölgesel haberlerde, mülteci konvoylarına sınırı geçme izni verildiğini işittim. Dört gündür orada bekleşiyorlardı. Onların daha ileri gitmelerine izin verilmiyordu ve artık geriye de dönemezlerdi. Gemide yaşlılar, hastalar, çocuklarıyla yalnız kadınlar vardı. Spiker, ilk grubun Kızıl Haç kampına ulaştığını ve ilk bakımlarının yapıldığını söyledi. Bir savaşın böylesine yakın, böylesine hazır olması bende müthiş tedirginlik yaratıyor. Savaş patlayalı beri sanki yüreğime batmış bir dikenle yaşar gibiyim. Saçma bir görüntü ama bütün saçmalığı ile sana duyduklarımı aktarabilir. Bir yıl geçtikten sonra acıya bir de gücenme duygusu eklendi, bu insanların kurban edilişine son vermek için kimsenin bir çaba göstermemesi bana olanaksız geliyordu. Sonra duruma razı olmak zorunda kaldım. Orada petrol kuyuları değil, yalnızca kayalık dağlar vardı. Gücenmem zamanla öfkeye dönüştü ve bu öfke içimde inatçı bir ağaç kurdu gibi kemirmeyi sürdürüyor.

Bu yaşımda hâlâ bir savaşın beni böylesine etkilemesi gülünç. Zaten dünyanın her yerinde her an insanlar savaşıyor, seksen yılda buna alışmalı, nasırlaşmalıydım. Ben doğduğumdan beri Carso'nun yüksek ve sarı otları göçmenlerce, yenmiş ya da dağılmış ordularca çiğnendi; önce yüksek yaylalarda patlayan bombalarla birlikte büyük savaşın piyadelerini taşıyan trenler geçti, sonra Rusya ve Yunanistan'ın savaş gazileri, faşizmin ve nazizmin kurbanları gelip geçtiler ve şimdi sınırda bir kez daha top sesleri işitiliyor, Balkanlar'daki büyük kıyımdan kurtulmak isteyen masum insanlar topluca evlerini, yurtlarını terk etmek istiyorlar.

Birkaç yıl önce trenle Trieste'den Venedik'e giderken, bir medyumla aynı kompartımanı paylaştım. Benden biraz daha genç olan bu hanımın başında ezilmiş gibi duran bir şapka vardı. Doğal olarak onun bir medyum olduğunu bilmiyordum, yanındaki hanıma söylerken işitmiştim:

"Biliyor musunuz," diyordu Carso yaylalarından geçerken, "ben burada yürüsem bütün ölülerin çığlıklarını işitiyorum, kahrolmadan geçmem mümkün değil. Hepsi korkunç biçimde bağrışıyorlar. Ne kadar gençseler o kadar dehşetli çığlıklar atıyorlar." Sonra, o hanıma, nerede bir şiddet olayı yaşanmışsa, atmosferinde bir şeylerin sonsuza dek değiştiğini anlattı: Hava dinginliğini yitiriyor, bozuluyordu ve bu bozulma, ortamın yumuşamasını sağlayacağı yerde, başka felaketlerin oluşmasını besleyecek bir güç oluşturuyormuş. Anlayacağın kan dökülen bir yere tekrar tekrar kan dökülecektir, demek oluyor bu. "Yeryüzü," demişti medyum sözünü bitirirken, "bir vampire benziyor, kanın tadını bir kez aldı mıydı yeniden istiyor, tazesini ve daha çoğunu arzuluyor."

Yıllarca kendi kendime sordum, yaşadığımız bu yerler acaba içten içe bir laneti mi besliyor, kuluçkaya yatırıyor; hâlâ da bunu sorar, ama bir yanıt bulamam. Seninle Monrupino kayalığına ne çok giderdik anımsıyor musun? Kuzey rüzgârları eserken manzarayı seyrederek saatler geçirirdik, sanki bir uçakta oturup aşağı bakar gibi hissederdik. 360 derecelik bir görüntü alanı vardı, kim daha önce Dolomitler'in zirvesini bulacak, kim Venedik'i seçebilecek diye yarışırdık seninle. Şimdi oraya bedenen gitme olanağım olmadığından, aynı manzarayı görmek için gözlerimi yummam gerekiyor.

Belleğin büyüsü sayesinde, sanki o kayaların seyir noktasına oturmuşum gibi her şey gözümün önünde, çevremde beliriveriyor. Hiçbir şey eksik değil, rüzgârın sesini, seçtiğim mevsimin kokusunu bile duyuyorum. Orada oturuyorum, zaman içinde oluşmuş kireç sütunlarını, geniş kıraç topraklar üzerinde ilerleyen zırhlı birlikleri, denizin maviliğine karşı yükselen Istria burnunu görüyorum, çevremdeki her şeye tek tek bakıyorum ve kendime kim bilir kaçıncı kez soruyorum: Burada bozuk tiz bir nota varsa, nerede o?

Bu manzarayı çok seviyorum ve belki de soruyu yanıtlayamamamın nedeni bu sevgidir, emin olduğum tek şey, çevre görünümünün buralarda yaşayan insanların kişiliklerini etkilediğidir. Ben genellikle böyle sert ve buruk bir insansam, sen de öyleysen, bunu Carso'ya, onun aşındırma gücüne, renklerine ve onu kamçılayan rüzgâra borçluyuz. Biz, ne bileyim, Umbria tepeleri arasında doğmuş olsaydık, daha yumuşak olurduk, hiddet bizim huyumuz olmazdı. Daha mı iyi olurdu? Bilmiyorum. Yaşanmamış olan bir koşulun hayali kurulamaz.

Her neyse, bu sabah küçük bir şanssızlık yaşadım; mutfağa girdiğimde minik kuşu paçavraların arasında cansız yatarken buldum. Son iki gündür bitkinleşmişti, az yiyordu ve iki lokma arasında bile uyukluyordu. Gün doğmadan az önce ölmüş olmalı, çünkü elime aldığımda sanki boynunda bir yay kırılmış gibi başı bir yana düştü. Hafif, kırılgan ve soğuktu. Onu bir paçavraya sarmadan önce, bir süre okşadım. Biraz ısıtmak istiyordum. Dışarıda lapa lapa kar yağıyordu. Buck'u bir odaya kapatıp, dışarı çıktım. Artık küreği alıp yeri kazacak gücüm olmadığından toprağın en yumuşak olduğu tarhı seçtim. Ayağımla küçük bir çukur açtım, kuşu oraya koydum, üzerini örttüm ve eve dönmeden, kuşlarımızı gömerken ettiğimiz duayı okudum: "Tanrı'm, bu minicik canı da ötekiler gibi yanına kabul et."

Hatırlıyor musun, sen çocukken ne çok kuşun yardımına koşup kurtarmaya çalışırdık? Her fırtınalı günün ardından yaralı bir kuş bulurduk. İspinozlar, serçeler, karatavuklar, kırlangıçlar... Onları canlandırmak için elimizden geleni yapardık ama bizim çabalarımız her zaman olumlu sonuç vermezdi. Bir günden ötekine hiçbir uyarı belirtisi vermeden ölüverirlerdi. Aman Tanrı'm, ne trajedi yaşanırdı o gün, bu kaç kez yinelense de sen perişan olurdun. Onları gömerken burnunu siler, gözlerini ellerinle kurulardın, sonra da odana kapanır ve "yer açardın".

Bir gün bana anneni nasıl bulacağımızı sordun, gökyüzü o kadar büyüktü ki, kaybolmak işten bile değildi. Ben de sana gökyüzünün büyük bir otele benzediğini, yukarıda herkesin bir odası olduğunu, birbirlerini seven insanların o odalarda buluşup, sonsuza dek birlikte kaldıklarını anlatmıştım. Bu açıklamam seni bir süre rahatlatmıştı. Ama dördüncü ya da beşinci akvaryum balığın ölünce, konu gene gündeme geldi ve bana şöyle dedin: "Peki ya yer kalmazsa?" "Yer kalmazsa," diye yanıtladım seni, "gözlerini bir an için yumup bir dakika boyunca 'genişle oda!' diye düşünmek yeterlidir. O zaman oda büyür ve yer açılır."

Bu çocukluk anılarını hâlâ belleğinde saklıyor musun, yoksa zırhın onları sürgüne gönderdi mi? Benim de bugün kuşu gömerken geldi aklıma. "Genişle oda!" Ne güzel bir büyü! Tabii, annen hamsterler, serçeler, akvaryum balıkları derken, senin odan bir stadyumun tribünleri gibi dolmuş olmalı. Yakında ben gideceğim, beni odana isteyecek misin, yoksa bitişikte bir yer mi kiralamak zorunda kalacağım? İlk sevdiğim insanı da davet edebilir miyim, sonunda seni gerçek dedenle tanıştırabilir miyim?

O eylül akşamı, Porretta İstasyonu'nda trenden indiğimde neler düşünüp, neler hayal etmiştim? Kesinlikle hiçbir şey. Havada kestane ağaçlarının kokusu vardı. Oda ayırttığım pansiyonu, "Ya bulamazsam," diye kaygılandım. O zamanlar daha pek deneyimsizdim, kaderin aralıksız çalışmalarından habersizdim. Tek inancım, geleceğimin irademi iyi ya da kötü yolda kullanmama bağlı olarak belirleneceğiydi. Perona adımımı attığım, valizimi koyduğum anda iradem söndü gitti, hiçbir şey istemiyordum ya da bir tek şey istiyordum, o da huzura kavuşmaktı.

Dedenle ilk akşam karşılaştım, benim kaldığım pansiyonda bir başkasıyla birlikte yemek yiyordu. Yaşlı bir bey dışında başka da müşteri yoktu. Oldukça öfkeli bir sesle politika tartışması yapıyordu, ses tonu beni hemen rahatsız etti. Yemek sırasında birkaç kez kızgın gözlerimi diktim ona. Ertesi gün onun, kaplıcaların hekimi olduğunu öğrenince nasıl şaşırdım! On dakika kadar bana sağlığım konusunda sorular sordu, sıra soyunmaya geldiğinde, utanç verici bir şey geldi başıma, sanki kendimi zorlamışım gibi müthiş terlemeye başladım. Kalbimi dinlerken neredeyse haykırarak: "Hey, bu ne korku!" dedi ve oldukça yakışıksız biçimde kahkahalara gömüldü. Tansiyon aygıtına basmasıyla derecedeki cıva en yüksek dereceye fırladı. "Yüksek tansiyondan mı yakınıyorsunuz?" diye sordu bu kez de. Kendi kendime çok kızmıştım, bu kadar korkacak bir şey yok, diye yineliyordum, bu yalnızca görevini yapan bir doktor, bu kadar heyecanlanmak ne normal ne de doğru bir şey deyip duruyordum kendime. Ama ne kadar telkin etsem de bir türlü sakinleşemiyordum. Kapı eşiğinde bana kürlerle ilgili kâğıdı verirken, elimi sıktı; "Biraz dinlenin, nefes alın," dedi, "yoksa şifalı sular bile işe yaramaz."

Aynı akşam yemekten sonra gelip benim masama oturdu. Ertesi gün köyün sokaklarında çene çalarak gezintiye başlamıştık bile. Başlangıçta beni çok rahatsız eden gösterişli canlılığı şimdi ilgimi çekmeye başlamıştı. Söylediği her şeyde tutku, hareket vardı; onun yanında olup da her cümlesinin ve bedeninin yaydığı ısının sana bulaşmaması olanaksızdı.

Bir zamanlar gazetede okuduğuma göre, son kuramlar aşkın yürekte değil, burunda başladığını söylüyor. İki kişi karşılaşıp, birbirlerinden hoşlandıkları zaman adını anımsayamadığım minik hormonlar salgılarlarmış, bu hormonlar burundan girip beyne kadar çıkar ve orada gizli bir kıvrımda aşk fırtınasını başlatırlarmış. Sonuç olarak, duygular gözle görünmez kokulardan başka bir şey değildir, diye bitiyordu makale. Ne kadar saçma! Yaşamında gerçek aşkı, o büyük ve sözle anlatılamayan aşkı tadan biri bilir ki bu savlar yüreği sürgüne gönderme çabalarının başarısız bir örneğidir. Elbette insanın kendi kokusu da büyük heyecan dalgaları yaratır. Ama onu uyarmak için, önce başka bir şey olması gerekir, bu başka bir şey de eminim basit bir kokudan daha başka bir şeydir.

O günlerde, Ernesto'nun yanında, yaşamımda ilk kez bedenimin sınırları olmadığı duygusuna kapıldım. Çevremde dokunulamaz bir hava olduğunu, sınırlarımın daha genişlediğini ve bu genişliğin her hareketimle havada titreştiğini sanıyordum. Çiçekleri birkaç gün sulamazsan ne olurlar bilirsin. Yaprakları güçsüzleşir, ışığa doğru yükseleceklerine, kederli bir tavşanın kulakları gibi aşağı sarkıverirler. İşte, o günden önceki yıllarda benim yaşantım, susuz kalmış bir bitkininki gibiydi, gecenin çiği bana ayakta kalabileceğim kadar besin vermişti, bunun dışında hiçbir katkı yoktu, ancak ayakta duracak gücüm kalmıştı o kadar. Kendini toparlaması için çiçeği bir kez sulamak yeter, hemen dirilir yaprakları. İlk hafta bana da böyle oldu. Oraya gittikten altı gün sonra, sabah aynada kendime bakarken, bambaşka biri olduğumu fark ettim. Tenim daha yumuşak ve düzgündü, gözlerim daha ışıltılıydı, giyinirken şarkı söylemeye başladım, bunu çocukluğumdan beri yapmamıştım.

Öyküyü dışarıdan dinleyince, belki de bu delicesine mutluluğu yaşarken, kendimi sorgulayıp sorgulamadığımı, huzursuzluk, vicdan azabı çekip çekmediğimi merak edersin. Eninde sonunda evli bir kadındım, böylesine bir hafiflik yapıp, başka bir erkeğin dostluğunu nasıl olur da kabul edebilirdim? Oysa hiç soru sormuyordum, hiç kuşku duymuyordum, üstelik arsız bir kadın olduğum için böyle hissediyor değildim. Bunun asıl nedeni yaşadıklarımın yalnızca bedenimi ilgilendiren şeyler olmasıydı, evet yalnızca bedenimi. Kışın yollarda günlerce süründükten sonra sıcak bir yuva bulan bir kedi yavrusu gibiydim, hiçbir şey yoktu soracak, oradaydım ve bu sıcaklığın tadını çıkarıyordum. Üstelik kendi dişilik çekiciliğime güvenim öylesine azdı ki, bir erkeğin bana karşı bu tür bir ilgi duyacağını hayal bile edemiyordum.

İlk pazar yürüyerek ayine gidiyordum ki, Ernesto arabayla geçerken yanımda durdu. Pencereden uzanarak, "Nereye gidiyorsunuz?" diye sordu, ben yanıtlar yanıtlamaz otomobilin kapısını açtı ve şöyle dedi: "İnanın bana, kiliseye gideceğinize, ormanlarda güzel bir gezinti yapsanız, Tanrı çok daha fazla sevinir." Uzun dolambaçlı yollardan sonra kestane ağaçlarının arasında uzanan bir patikanın başına geldik. Böyle taşlı bir yolda yürüyebilecek türde ayakkabılar giymemiştim, sürekli tökezliyordum. Ernesto elimi tutunca, bu bana dünyanın en olağan şeyi gibi geldi. Uzun uzun sessizlik içinde yürüdük. Havada sonbaharın kokusu hissedilmeye başlamıştı, toprak nemliydi, ağaçlarda pek çok yaprak sararmıştı, yaprakların arasından süzülen ışık, değişik tonlarda yansıyordu. Ağaçlar seyrekti, bir anda dev bir kestane ağacına rastladık. Kendi çınarımı anımsayarak, onun yanına gittim, onu önce bir elimle okşadım, sonra yanağımı dayadım ona. Hemen sonra Ernesto da başını benimkinin yanına dayadı. Tanıştığımızdan beri gözlerimiz hiç bu kadar yakınlaşmamıştı.

Ertesi gün onu görmek istemedim. Arkadaşlık başka bir şeye dönüşüyordu ve düşünmeye gereksinmem vardı. Artık küçük bir kız değildim. Sorumlulukları olan evli bir kadındım, o da evliydi, üstelik bir de çocuğu vardı. Ben o günden yaşlılığıma dek bütün yaşantımı tahmin etmiş, belirlemiştim. Hesaba katmadığım ve düzeni bozacak herhangi bir şey beni tedirgin ediyordu. Yenilik, ilk adımda korkutur, ilerleyebilmek için, bu korku duygusunu aşmak gerekir. Bu nedenle bir an, "Bu kocaman bir aptallık, yaşamımın en büyük aptallığı, her şeyi unutmalıyım, olup biten o pek az şeyi de silip atmalıyım," diye düşünüyor, bir an sonra da aptallığın daha büyüğünün bu fırsatı kaçırmak olacağını düşünüyordum, çünkü çocukluğumdan beri ilk kez kendimi canlı hissediyordum, her şey çevremde titreşiyordu, içimde titreşiyordu, bu yeni durumu reddetme zorunluluğu bana olanaksız görünüyordu. Bunun da ötesinde, doğal olarak bir kuşku da duyuyordum. Az çok bütün kadınların duyduğu türden bir kuşkuydu bu. Acaba benimle alay mı ediyordu, tek amacı benimle eğlenmek miydi? Bütün bu düşünceler o hüzünlü pansiyon odasında yapayalnız otururken aklımı karıştırıyordu.

O gece sabahın dördüne dek uyku tutturamadım, fazlasıyla heyecanlıydım. Ne var ki, ertesi sabah kendimi hiç de halsiz hissetmiyordum, giyinirken şarkı söylemeye başladım, o birkaç saat içinde, dehşetli bir yaşama arzusu doğmuştu içimde. Oraya gidişimin onuncu gününde Augusto'ya bir kart attım: "Hava harika, yemekler vasat. Umutluyum," diye yazmış ve onu sevgiyle kucakladığımı bildirmiştim. Bir önceki geceyi Ernesto ile geçirmiştim.

O gece ansızın bir şeyin farkına varmıştım, bedenimizle ruhumuz arasında pek çok minik pencere vardı, açık oldukları zaman, buradan duygular geçiyordu, aralıksa, pek bir şey geçemiyordu. Aşk, yalnızca aşk hepsini birden ardına dek, birdenbire, şiddetli bir fırtına gibi açabilirdi.

Porretta'da kalışımın son haftasında hep birlikteydik. Uzun gezintiler yapıyorduk, boğazımız kuruyana dek konuşuyorduk. Ernesto'nun söyleşileri Augusto'nunkilerden ne kadar farklıydı. Onda her şey tutkuydu, heyecandı, en zor konulara mutlak bir basitlikle girmeyi biliyordu. Tanrı'dan çok sık söz ediyorduk, elle tutulur bu gerçeklik dünyasının ötesinde başka bir şeylerin olup olmadığını tartışıyorduk. O, direniş hareketlerine katılmış, ölümle pek çok kez yüz yüze gelmişti. İşte o anlarda, daha yüce bir şeyin düşüncesi doğmuştu, korkudan değil de bilincin daha geniş bir mekâna yayılmasıydı bu.

"Dinsel kurallara uyamam," diyordu bana, "asla Tanrı' nın evine gitmem, asla dogmalara, benim gibi insanoğullarının uydurduğu masallara inanamam." Sözcükleri birbirimizin ağzından çalıyorduk, aynı şeyleri düşünüyorduk, aynı biçimde dile getiriyorduk, sanki iki haftadır değil de yıllardır tanışır gibiydik.

Pek az zamanımız kalmıştı, son geceler bir saatten fazla uyumadık, gücümüzü kazanabilmek için azıcık uyukluyorduk, o kadar. Ernesto kader konusunda çok inançlıydı. "Her erkeğin yaşamında," diyordu, "mükemmel birlikteliğe ulaşabileceği tek bir kadın vardır, her kadının yaşamın bütünlüğüne ulaşabileceği tek bir erkek vardır." Ama buluşabilmek pek az kişinin yakalayabildiği bir alın yazısıydı. Geride kalan herkes bir tatminsizlik, sürekli bir özlem içinde yaşamak zorundadır. "Böylesine bir buluşmayı kaç kişi başarabilmiştir ki..." diyordu odanın karanlığında, "on binde, milyonda, on milyonda bir kişi var mıdır?" On milyonda bir olabilir, evet. Geride kalan bütün öteki evlilikler, çöpçatanlıktır, tensel hoşlanmalardır, geçicidir, fiziksel, kişiliksel ya da sosyal konuların benzerliği yüzünden yapılmıştır. Bu yargılardan sonra da yinelemeden edemiyordu: "Nasıl şanslıyız biz, değil mi? Kim bilir bizi neler bekliyor, kim bilir?"

Yola çıkacağım gün, o minik tren istasyonunda beklerken bana sarıldı ve kulağıma şöyle fısıldadı: "Daha önce hangi yaşamımızda karşılaşmıştık?" "Pek çoğunda," diye yanıtladım onu ve ağlamaya başladım. Çantamda onun Ferrara'daki adresi gizliydi.

O uzun yolculuk saatlerinde yaşadığım duyguları sana anlatmama gerek yok, altüst olmuştum, her şey çok karmaşıktı. O saatlerde bir başkalaşım yaşamam gerektiğini biliyordum, trenin tuvaletine gide gele yüz ifademi gözden geçiriyordum. Gözlerimdeki ışık, gülümseme, yok olmalıydılar, sönmeliydiler. Havanın bana yararının göstergesi olarak yalnızca yanaklarımın allığı kalabilirdi. Hem babam hem de Augusto beni olağanüstü iyileşmiş buldular. Babam, "Suların mucizeler yarattığını bilirdim zaten," deyip duruyordu. Augusto da hayret verici biçimde bana iltifatlar yağdırıyordu.

Sen de aşkı ilk kez tattığında üzerinde nasıl değişik ve komik etkiler yarattığını göreceksin. Aşık olana dek, yüreğin özgür kaldığı sürece, hiçbir erkeğin dikkatini çekmezsin; sonra bir tek insana kapıldığın anda, sen artık başkalarını hiç umursamazken, herkes peşine düşer, sana tatlı sözler söylerler, sana kur yaparlar. Bu, sana daha önce sözünü ettiğim pencerelerle ilgilidir işte. Bunlar açıksa beden ruha, ruh da bedene müthiş bir ışık verir. Ayna gibi birbirlerine yansırlar. Kısa bir süre içinde çevrende altın renginde, sıcak bir hare belirir, bu hare bütün erkekleri, balın ayıları çekmesi gibi sana doğru çeker. Augusto da bu etkiden kendini uzak tutamamıştı ve ben de, sana tuhaf gelecek ama, ona karşı nazik davranmakta zorlanmıyordum. Elbette, Augusto biraz daha bu dünyayla iç içe yaşasa, biraz daha fesat olsa, neler olduğunu anlamakta zorlanmayacaktı. Evlendiğimizden beri ilk kez onun iğrenç böceklerine teşekkür borçluydum.

Ernesto'yu düşünüyor muydum? Kuşkusuz, aslında bundan başka bir şey yapmıyordum. Ama doğru terim "düşünmek" değildi. Düşünmekten çok, onun için vardım, o benim içimde yaşıyordu, her hareketimde, her düşüncemde tek bir insandık. Ayrılırken, ilk önce benim mektup yazmam konusunda anlaşmıştık, çünkü onun yazabilmesi için benim önce mektupların gönderilebileceği, güvenli bir arkadaş bulmam gerekliydi.

İlk mektubumu Bütün Azizler Yortusu'nun arifesinde gönderdim. Bunu izleyen süre bütün ilişkimizin en korkunç dönemi oldu. En büyük, en mutlak aşklar bile, araya uzaklık girince kuşkulara neden oluyorlar. Sabah daha karanlıkken, gözlerimi ansızın açıveriyordum ve Augusto'nun yanında sessiz, kımıltısız yatıyordum. Duygularımı gizlemem gerekmeyen anlar yalnızca bunlardı. O üç haftayı yeni baştan düşünüyordum. Peki ya Ernesto, diye düşünüyordum, yalnızca çapkının tekiyse, can sıkıntısından kaplıcaya yalnız gelen kadınlarla gönül eğlendiren bir adamsa? Günler geçiyordu, mektup gelmiyordu ve benim bu kuşkum gerçeğe dönüşüyordu. Tamam, diyordum o zaman, böyleyse de kadınların en safı gibi davrandıysam da olumsuz ya da zararlı bir deneyim sayılmaz bu da. Buna izin vermeseydim, bir kadının neler hissedebileceğini öğrenmeden yaşlanıp gidecektim. Anlıyor musun, bir şekilde, kendimi sakinleştirmeye, rahatlamaya çalışıyordum.

Gerek babam gerekse Augusto benim keyfimin kaçtığını fark ettiler; olmadık bir şey için boşanıveriyordum, ikisinden biri odaya girse, ben çıkıyordum, yalnız kalmak istiyordum. Ernesto'yla birlikte geçirdiğimiz haftaları sürekli yeni baştan yaşıyordum. Onun bir açığını yakalamak için her an her hareketini gözden geçiriyordum. Beni şu ya da bu duyguya itecek bir kanıt arıyordum. Bu işkence ne kadar mı sürdü? Bir buçuk, neredeyse iki ay. Noel'den önceki hafta, aracılık eden arkadaşın evine geldi mektup, gösterişli ve havalı bir elyazısıyla yazılmış beş sayfa.

Neşem hemen yerine geldi. Mektup yazıp, yanıtını beklemekle kış, ardından da ilkbahar uçup gitti. Ernesto'yu durmaksızın düşünmem zamanı algılama yeteneğimi değiştirmişti, bütün enerjim belirsiz bir geleceğe, onu tekrar görebileceğim herhangi bir âna yönelikti.

Mektubundaki derinlik, bizi birbirimize bağlayan duygudan emin olmamı sağlamıştı. Bizimki büyük bir aşktı, hem de çok büyük ve gerçekten bütün büyük aşklar gibi tam anlamıyla insansı olan olaydan pek çok uzaktı. Belki bu uzun ayrılığın bizde derin bir acı doğurmaması sana tuhaf görünebilir, ama acı çekmediğimiz doğru değildi. Ben de Ernesto da bu zorunlu ayrılık yüzünden kahroluyorduk ama bu öteki duygularla karışmış bir acıydı, bekleyiş heyecanı içersinde acı ikinci plana kayıyordu. Evli ve yetişkin iki insandık, olayların başka türlü yaşanamayacağını biliyorduk. Belki bunlar bugün olsaydı, ben bir ay bile geçmeden Augusto'ya boşanmak istediğimi söylerdim, o da karısından ayrılırdı ve Noel'den önce aynı evde yaşamaya başlardık. Bana hâlâ öyle geliyor ki, ilişkilerdeki kolaylık aşkı ucuzlatıyor, hafifletiyor. Hani kek yaparken mayayı una iyice karıştıramazsan ne olur bilirsin, kekin hepsi aynı biçimde kabaracağına yalnızca bir tarafı kabarır, patlar, kek dağılır ve kalıptan lav gibi akmaya başlar. Tutkunun benzersizliği bunun gibidir işte. Taşar gider.

O dönemlerde bir sevgilisi olmak, onu görebilmek, pek basit bir şey değildi. Tabii Ernesto için daha kolaydı. Bir hekim olarak her zaman bir seminer, bir yarışma, acil bir olay uydurabilirdi, ama ev kadınlığından başka hiçbir işi olmayan benim için bu neredeyse olanaksızdı. Hiç kuşku uyandırmadan birkaç saat ya da birkaç gün evden uzaklaşmamı sağlayacak bir bahane bulmalıydım. Bu nedenle Paskalya'dan önce Latince Meraklıları adında bir derneğe üye oldum. Benim eski dillere ilgi duyduğumu bilen Augusto, ne bir şeyden kuşkulandı, ne de karşı çıktı, hatta eski heveslerime geri dönmeme sevindi bile denebilir.

O yıl göz açıp kapayana dek yaz geliverdi. Haziran sonunda, Ernesto her yıl olduğu gibi kaplıcalara döndü, ben de Augusto ve babamla birlikte deniz kenarına gittim. O ay, Augusto'yu bir çocuk arzulamaktan vazgeçmediğime ikna ettim. 31 Ağustos'ta, erkenden, geçen yılki giysim ve valizimle Augusto beni Porretta trenine uğurladı. Yolculuk boyunca heyecandan yerimde duramıyordum, pencereden geçen yıl gördüğüm yerleri görüyordum, gene de her şey bana bambaşka görünüyordu.

Kaplıcalarda üç hafta kaldım, bu üç haftayı, yaşamımın geri kalan her gününden daha yoğun, daha derin yaşadım. Bir gün Ernesto işteyken, parkta geziniyordum; aklıma o anda ölmenin ne kadar güzel olacağı geldi. Tuhaf görünebilir, ama en derin mutluluk, en korkunç mutsuzluk gibi beraberinde zıt bir arzuyu getirebilir. Sanki çok uzun süredir yürüyordum, yıllardır, yıllardır bu konuda toprak yolları aşındırıyordum; daha ileri gidebilmek için küçük bir baltayla kendime bir tünel açıyordum, ilerliyordum ve çevremde, ayaklarımın dibinde hiçbir şey göremiyordum, nereye gittiğimi bilmiyordum. Önümde bir uçurum, bir çukur, büyük bir kent ya da bir çöl olabilirdi, derken koru birdenbire açılmıştı, farkına bile varmadan tepeye tırmanmıştım. Kendimi ansızın bir tepenin doruğunda bulmuştum, az önce güneş doğmuştu, dağlar değişik tonlarda ufka doğru uzanıyorlardı önümde, her şey açık maviydi, hafif bir esinti tepeyi, tepeyi ve başımı, başımı ve içindeki düşünceleri okşuyordu. Arada bir aşağıdan bir gürültü, bir köpek havlaması, bir kilise çanı işitiliyordu. Her şey garip bir hafiflik ve yoğunluk havasındaydı. İçimde ve dışımda her şey açık seçikti, hiçbir şey üst üste binmiyordu, hiçbir şey gölge etmiyordu, artık buradan inmek, o ormana dönmek istemiyordum, Kendimi maviliğe atmak, sonsuza dek orada kalmak, yaşamı doruk noktasında terk etmek istiyordum. Bu düşünceleri akşama Ernesto'yu görene kadar zihnimde sakladım. Ama akşam yemeğinde ona söylemeye cesaret edemedim, güleceğinden korktum. Gece, odama geldiğinde, bana sarıldığında konuşmak için ağzımı kulağına yaklaştırdım. Ona şöyle demek istiyordum: "Ölmek istiyorum." Oysa ne dedim biliyor musun: "Bir çocuk istiyorum."

Porretta'dan ayrıldığımda gebe olduğumu biliyordum. Sanırım Ernesto da biliyordu, çünkü son günlerde canı sıkkındı, az konuşuyordu. Bense öyle değildim. Bedenim, içimde yeni bir can doğduğu sabahtan başlayarak, değişmeye başladı, göğüslerim birden büyüdü, sertleşti, yüzüm daha ışıltılı oldu. Böylesi kısa sürede insan fiziğinin yeni duruma ayak uydurması inanılır gibi değil. Bunun için diyebilirim ki, test yaptırmamış da olsam, karnım dümdüz de olsa ne olduğunu çok iyi biliyordum. Bir anda kendimi müthiş bir mutlulukla sarmalanmış hissediyordum. Bedenim değişiyordu, genişlemeye başlıyordu, artık söz sahibi olan oydu. O âna dek hiç böyle bir şey yaşamamıştım.

Asıl korkunç düşünceler, trende yalnız kalınca üşüşüverdiler. Ernesto'nun yanında olduğum sürece çocuğu tutacağımdan emindim. Augusto, Trieste'deki yaşantım, insanların dedikodusu, her şey o kadar uzaktı ki. Ne var ki bu noktada bütün o dünya yaklaşmaya başlamıştı, gebeliğin hızla ilerleyeceğini düşünürsem, bir karar almakta elimi çabuk tutmalıydım. Bir kez karar verirsem bundan vazgeçmemeliydim. Üstelik anladım ki, kürtaj yaptırmak çocuğu tutmaktan çok daha zor olacaktı. Augusto'dan kürtajı saklayamazdım. Bunca yıl bir çocuk istedikten sonra ona bir kürtajı nasıl açıklayabilirdim ki? Zaten ben onu aldırmayı hiç mi hiç istemiyordum, içimde büyümekte olan bu canlı bir an önce kurtulmak istenecek bir yanlışlık değildi ki. Bir arzunun gerçekleşmesiydi o, belki de bütün yaşantımın en büyük ve en yoğun arzusuydu.

Bir erkeği sevince –onu bütün bedenin ve ruhunla sevince– ondan bir çocuk istemek en doğal şeydir. Burada zihinsel, mantıksal temellere dayanan bir seçim söz konusu değildir. Ernesto'yu tanımadan önce bir çocuk istediğimi hayal ederdim ve bunu neden istediğimi, artı ve eksileri çok iyi bilirdim. Anlayacağın bu mantıksal bir seçimdi, bir çocuk istiyordum, çünkü belli bir yaşa gelmiştim ve çok yalnızdım. Çünkü bir kadındım ve eğer kadınlar başka bir şey yapmasalar da en azından bir çocuk yaparlar. Anlıyor musun? Bir otomobil alırken de aynı ilkeleri benimseyebilirdim.

Ama o gece Ernesto'ya, "Bir çocuk istiyorum," dediğim zaman bu bambaşka bir şeydi, yalnızca iyi niyetle alınacak bir karar değildi ama bu karar bütün iyi niyetimden de güçlüydü. Sonra, kaldı ki bu bir karar bile değildi, bir çılgınlıktı, dinmek bilmeyen bir sahip olma arzusunun sonucuydu. Ernesto'yu içimde, benimle, yanımda, sonsuza dek istiyordum. Şimdi nasıl davrandığımı okurken, belki de dehşetle ürpereceksin, böylesine düşük, basit yanlarının olduğunu daha önce nasıl fark etmediğine şaşıracaksın. Trieste İstasyonu'nda yapabileceğim tek şeyi yaptım ve tatlı, aşık bir kadını oynadım. Augusto bendeki bu değişimden hemen etkilendi, sorular sormaktansa, oyunuma katıldı.

Bir ay sonra bu çocuğun kendinden olduğundan emindi. Ona test sonuçlarını bildirdiğimde, sabah ofisinden ayrıldı ve bütün günü benimle geçirdi, bebeğin gelişi ile evde ne gibi değişiklikler yapacağımızı kararlaştırdık. Babamın kulağına yaklaşıp yüksek sesle ona haberi verdiğimde, ellerimi, kendi zayıf elleri arasına aldı, tuttu ve böyle durduğu sürede gözleri yaşardı, kızardı. Bir süredir sağırlık, onu yaşamdan koparmıştı, düşünmesi ve konuşması akıcılığını yitirmişti, iki cümle arasına ya ani boşluklar ya da ilgisiz anı parçaları giriyordu. Neden bilmem ama onun gözyaşları, beni duygulandıracağına, inceden inceye kızdırdı. Bunda bir sahtelik sezmiştim. Zaten torununu göremedi. Gebeliğimin altıncı ayındayken uykusunda hiç acı çekmeden öldü. Onu tabutunun içinde yatar gördüğümde ne kadar zayıflamış ve yaşlanmış olduğuna şaştım. Yüzünde o her zamanki uzak ve belirsiz ifade vardı.

Doğal olarak, test sonucunu alınca, Ernesto'ya da yazdım; on gün geçmeden geldi yanıtı. Mektubu açmadan birkaç saat bekledim. Çok heyecanlıydım ve mektubun içinden hoş olmayan bir şeyler çıkacak diye korkuyordum. Ancak öğleden sonranın ilerleyen saatlerinde, açıp okumaya cesaret ettim ve bunu rahatça yapabilmek için bir kafeteryanın tuvaletine sığındım. Söyledikleri anlayışlı ve mantıklıydı. "En iyi çözüm bu mu bilemiyorum," diyordu, "ama eğer sen böyle karar verdinse senin kararına saygı duyarım."

O günden sonra bütün engelleri aşmış olarak, dingin bir annelik beklentisine girdim. Kendimi bir canavar gibi mi hissediyordum? Öyle miydim? Bilmiyorum. Gebeliğim boyunca ve sonraki yılların pek çoğunda ne bir kuşku, ne de pişmanlık duydum. Karnımda gerçekten sevdiğim erkeğin çocuğunu taşırken, nasıl başka bir adamı severmiş gibi yapıyordum? Ama görüyorsun, gerçekte hiçbir şey bu kadar basit değil, yalnızca siyah ya da beyaz yok, her zevk, içinde değişik tonlar taşıyor. Augusto'ya karşı nazik ve sevecen davranmakta zorlanmıyordum. Çünkü onu gerçekten seviyordum. Ernesto'ya duyduğumdan farklı bir sevgiydi bu. Onu bir kadının bir erkeğe duyduğu sevgiyle değil de, bir kız kardeşin huysuz ağabeyine beslediği duygularla seviyordum. O bana kötü davransaydı her şey farklı olurdu. O zaman bir çocuk doğurup onun yanında kalmayı hayal bile etmezdim, o yalnızca ölümüne sistemli ve planlı bir adamdı; bunun dışında derinliğine bakıldığında nazik ve iyi yürekliydi. Bu çocuğa sahip olmaktan mutluydu. Ben de onu çocuk sahibi yaptığım için mutluydum. Sırrımı ona neden açmalıydım ki? Bunu yapmakla üç yaşamı sonsuza kadar mutsuzluğa mahkûm ederdim. En azından o zaman öyle düşünüyordum. Şimdi kadınların bu özgürlüğü, seçim şansı varken yaptıkları gerçekten korkunç görünebilir ama o zamanlar –ben bu durumu yaşadığım dönemde– çok sıradan bir durumdu, her çiftin yaşadığı bir olay demeyeceğim ama kadınlar evli olsalar da başka erkeklerden çocuk sahibi oluyorlardı. Peki ne mi olmuyordu? Bana olduğu gibi hiçbir şey. Çocuk doğuyor, öteki kardeşleriyle eşit koşullarda yetişiyor, kimse bir şeyden kuşkulanmadan büyüyordu. Aile, o dönemde çok sağlam temellere otururdu, yıkmak için, değişik bir çocuktan çok daha fazlası gerekirdi. Annen için de durum böyle oldu. Doğdu ve o anda benim ve Augusto'nun kızı oldu. Benim için en önemli şey, Ilaria'nın bir rastlantının, anlaşmanın, sıkıntının değil, bir aşkın ürünü olmasıydı; bunun bütün sorunları çözeceğini düşünüyordum. Nasıl da yanılmışım!

Gerçi ilk yıllarda her şey yolunda gitti, bir aksaklık çıkmadı. Onun için yaşıyordum, sevgi dolu ve özenli bir anneydim ya da öyle olduğumu sanıyordum. İlk yazdan başlayarak, en sıcak ayları bebeğimle Adriyatik kıyılarında geçirmeyi alışkanlık haline getirmiştim. Bir ev kiralamıştık, iki-üç haftada bir de Augusto gelip hafta sonu bizle kalırdı.

Ernesto kızını ilk kez o sahilde gördü. Doğal olarak, bir yabancı gibi davranıyordu. Gezintilerimizde "rastlantı olarak" yanımızda yürüyordu, bizden bir-iki sonraki plaj şemsiyesinin altında oturuyor ve oradan –Augusto yokken– bir gazete ya da kitabın arkasına gizlenerek saatlerce bizi gözlüyordu. Sonra akşamları bana uzun mektuplar yazıyor, aklından geçen her şeyi, bize karşı duygularını, gördüklerini anlatıyordu. Bu arada karısının bir çocuğu daha olmuştu, o da kaplıcalardaki mevsimlik işi bırakarak kendi kentinde, Ferrara'da özel bir muayenehane açmıştı. Ilaria'nın ilk üç yılında bu rastlantısal karşılaşmalar bir yana bırakılırsa hiç görüşmedik. Ben çocukla çok haşır neşirdim, her sabah onun varlığının sevinciyle uyanıyordum, istesem de kendimi başka bir şeye veremezdim.

Kaplıcalardaki son buluşmamızda, ayrılmadan az önce Ernesto ile bir anlaşma yapmıştık. "Her akşam," demişti Ernesto, "saat tam on birde, nerede ve nasıl olursam olayım, dışarı çıkacağım ve gökyüzünde kutupyıldızını arayacağım. Sen de böyle yapacaksın ve biz birbirimizden çok uzak bile olsak, uzun zamandır görüşememiş bile olsak, artık birbirimiz hakkında hiç haber alamıyor bile olsak, düşüncelerimiz yukarıda buluşacaklar ve birlikte olacaklar." Sonra birlikte pansiyonun balkonuna çıkmış ve parmaklarımızla yıldızların arasına tırmanmıştık. Orion ile Betelgeuse arasında kalan kutupyıldızını göstermişti bana.

12 Aralık

Bu gece, bir sesle ansızın uyandım, telefonun çaldığını fark edebilmem birkaç dakikamı aldı. Ben kalktığımda uzunca bir süredir çalıyordu, ben tam açacakken sustu. Gene de açtım ve uyku mahmuru sesimle bir-iki kez alo, dedim. Sonra yatağa dönmektense yanındaki koltuğa oturdum. Sen miydin? Başka kim olabilirdi ki? Gecenin sessizliğinde o ses beni altüst etti. Aklıma, birkaç yıl önce bir arkadaşımın anlattığı bir olay geldi. Kocası bir süredir hastanedeydi. Ziyaret saatlerinin kuralları yüzünden kocası öldüğü an yanında olamamıştı. Onu bu şekilde yitirmenin acısıyla ilk gece uyku tutmamıştı ve karanlıkta öylece otururken ansızın telefon çalmıştı. Çok şaşırmıştı, gecenin bu saatinde başsağlığı dilemek için arayan olabilir miydi? Elini tam telefona uzatırken, tuhaf bir olay dikkatini çekmişti, telefondan titrek bir ışık yayılıyordu. Ahizeyi kulağına dayadığında şaşkınlığı dehşete dönüşmüştü. Karşı tarafın sesi çok uzaktan gelir gibiydi ve zorlukla konuşuyordu. "Marta," diyordu ıslıklar ve gürültüler arasında, "gitmeden önce sana veda etmek istemiştim..." Kocasının sesiydi. Bunu söyledikten sonra bir an şiddetli bir rüzgâr işitilmiş, hemen sonra hat kesilmiş ve sessizlik olmuştu.

O zaman, arkadaşımı içinde bulunduğu acılı durum

nedeniyle mazur görmüştüm; ölülerin iletişim kurmak için en çağdaş araçlardan yararlanma yolunu seçmeleri bana oldukça şaşırtıcı gelmişti. Gene de bu öykü bende bir iz bırakmış olmalı. İçten içe, çok derinlerde, en masum ve en büyülü yanımla, belki ben de eninde sonunda, gecenin bir yarısında öte dünyadan beni selamlamak isteyen birinin telefon edeceğini umuyorum. Kızımı, kocamı ve dünyada herkesten çok sevdiğim erkeği toprağa verdim. Onlar öldüler, artık yoklar. Gene de hâlâ bir deniz kazasından kurtulmuş gibi davranmayı sürdürüyorum. Akıntı beni sağ salim bir adaya sürükledi, dostlarımdan hiç haber alamadım, tekne devrildiği anda, onları gözden yitirdim, boğulmuş olabilirler –öyle oldukları kesin– ama olmayabilirler de. Aradan aylar yıllar geçmiş de olsa, yakındaki adaları gözetlemeyi sürdürüyorum, bir esinti, bir duman işareti, benimle aynı gökyüzü altında yaşadıklarına dair beslediğim umutları kanıtlayacak bir belirti arıyorum.

Ernesto öldüğü gece, müthiş bir gürültüyle ansızın uyanıverdim. Augusto ışığı yaktı ve, "Kim o?" diye seslendi. Odada hiç kimse yoktu, her şey yerli yerindeydi. Sabah olup da gardırobu açınca bütün rafların düştüğünü, çorapların, eşarpların, çamaşırların üst üste yığıldıklarını gördüm.

Elbette şimdi, "Ernesto'nun öldüğü gece," diyebiliyorum. O zaman bunu bilmiyordum, mektubunu henüz almıştım, ne olmuş olacağı aklımın ucundan bile geçmezdi. Nem yüzünden rafların dayanaklarının çürüdüğünü ve fazla yük nedeniyle düştüklerini sandım. Ilaria dört yaşındaydı, yeni yeni yuvaya gitmeye başlamıştı, onunla ve Augusto'yla yaşantım artık sakin bir sıradanlığa bürünmüştü. O gün öğleden sonra Latince Meraklıları toplantısından sonra Ernesto'ya yazmak üzere bir kafeye gittim. İki ay sonra Montava'da bir toplantı olacaktı, görüşebilmek için uzun zamandır beklediğimiz bir fırsattı bu. Eve dönmeden mektubu postaladım ve bir sonraki hafta yanıtını beklemeye başladım. Ne o hafta, ne de daha sonra bir mektup aldım. Hiç bu kadar uzun süre beklememiştim. Başlangıçta postadaki bir gecikmeye bağladım, sonra hastalanıp muayenehanesine gidememiş olacağını düşündüm. Bir ay sonra ona kısa bir not yazdım, o da yanıtsız kaldı. Günler geçtikçe, kendimi temelleri su altında kalmış bir evde gibi hissetmeye başladım. Başlangıçta inceden inceye, betonu şöyle bir yalayıp geçen su gibiydi, ama zaman geçtikçe, su taşkınlaştı, gücü altında beton kuma dönüştü, ev hâlâ ayaktaydı, her şey olağan gibi görünse de ben biliyordum ki bu doğru değildi ve en küçük bir darbe evin cephesini ve bütünü yıkmaya yetecek, ev iskambilden bir şato gibi yerle bir olacaktı.

Toplantı için yola çıktığımda kendimin gölgesi gibiydim. Montava'da kendimi şöyle bir gösterdikten sonra, doğru Ferrara'ya gittim, orada neler olduğunu anlamak istiyordum. Muayenehanede kimse yoktu, dışarıdan bakınca kepenkler kapalıydı. İkinci gün bir kütüphaneye gidip geçmiş ayların gazetelerini inceledim. Minik bir haberde buldum aradığımı. Bir gece hasta ziyaretinden dönerken otomobilin kontrolünü yitirmişti ve büyük bir çınara çarpmıştı; neredeyse hemen ölmüştü. Ölüm günü ve saati, işte benim gardırobun çöktüğü andı.

Bayan Razman'ın arada sırada getirdiği dergilerin birinin astroloji köşesinde, şiddetli ölümlerden Mars'ın 8. evde bulunmasının sorumlu olduğunu okumuştum. Bu makalede yazılanlara göre, yıldızı bu mevkide olan insanlar yatağında huzur içinde ölmezlermiş. Acaba Ernesto ve Ilaria'nın yıldız haritalarında bu uğursuz birleşme mi gerçekleşmişti? Yirmi yıl arayla babası ve kızı aynı biçimde, otomobillerini bir ağaca çarparak can verdiler.

Ernesto'nun ölümüyle derin bir çöküntüye yuvarlandım. Birdenbire fark ettim ki son yıllarda yaydığım ışıltı benim içimden gelmiyordu, yalnızca bende yansıyan bir ışıktı. Mutluluk, yaşama karşı duyduğum sevgi, gerçekte bana ait değildiler, yalnızca bir ayna işlevi görmüştüm. Ernesto o ışığı yayıyordu, ben de onu yansıtıyordum. O yok olunca her şey yeniden matlaşmıştı. Ilaria'yı görmek bile artık bana neşe değil, huzursuzluk veriyordu, öylesine derinden sarsılmıştım ki, onun Ernesto'nun kızı olduğundan bile kuşkulanmaya başlamıştım. Bu değişikliğim onun gözünden de kaçmadı, o duyarlı çocuk antenleriyle, benim uzaklaşmamı hissetti, kaprisli ve küstah bir kız oldu. Artık canlı ve genç olan sarmaşık oydu, bense boğulmaya hazır yaşlı ağaçtım. Benim vicdan azabımın kokusunu bir tazı gibi almıştı ve benim üzerime sarılıp daha yukarı tırmanmak için kullanıyordu bunu. Ev çığlıklar ve vızıldamalar dolu küçük bir cehenneme dönmüştü.

Bu yükü üzerimden atmak için, Augusto çocukla ilgilenmesi için bir kadın tuttu. Bir süre kızına da böcek sevgisi aşılamayı denedi ama iki-üç denemeden sonra –kız, her sefer ne iğrenç diye çığlığı bastığı için– vazgeçti. Birdenbire Augusto da yaşını göstermeye başladı, çocuğunun babası değil de dedesi gibi görünüyordu, ona karşı yumuşak, ama mesafeli davranıyordu. Aynanın önünden geçerken ben de kendimi çok yaşlanmış görüyordum, çizgilerimde şimdiye dek hiç olmayan bir sertlik vardı. Kendi kendimi beğenmemememi, kendimi ihmal ederek dışa vuruyordum. Okul ve dadı nedeniyle, artık çok fazla boş zamanım vardı. İçimdeki sıkıntı nedeniyle zamanımı hareketli geçirmek istiyordum, otomobile biniyor Carso'da geziyordum, otomobili bir tür trans halinde sürüyordum.

Aquila'da otururken yaptığım gibi bazı dinsel kitapları okumaya başladım yeniden. O sayfalar arasında gezerek, öfkeyle bir yanıt arıyordum. Yürürken, kendi kendime Ermiş Agostino'nun annesinin ölümünde söylediklerini yineliyordum: "Onu yitirdiğimiz için üzülmeyelim, ona sahip olabildiğimiz için şükredelim."

Bir arkadaşım beni iki-üç kez günah çıkardığı papaza götürdü ama bu buluşmalardan eskisinden daha kederli çıkıyordum. Sözleriyle tatlı olmaya çalışıyordu, inancın gücünü öylesine yüceltiyordu ki, sanki inanç sokaktaki her bakkalda bulunan bir yiyecekti. Ernesto'nun ölümüne hiçbir açıklama bulamıyordum, bana ait hiçbir ışığımın olmadığını keşfetmem de, bir yanıt bulma çabalarımı güçleştiriyordu. Onunla karşılaştığımda, aşkımız doğduğunda, bir anda bütün yaşantımın anlam kazandığını düşünmüştüm, var olmaktan ötürü mutluydum, çevremde var olan her şeyden ötürü sevinçliydim. Yürüyüşümün en yüksek, en sağlam noktasına gelmişim gibi hissediyordum kendimi, beni bu noktadan hiçbir şeyin ve hiç kimsenin kımıldatamayacağından emindim. Her şeyi anlamış olan insanlara özgü o gururla güvenliğe kavuşmuştum. Yıllardır yolları kendi bacaklarımla aştığımı sanıyordum, oysa tek başıma tek bir adım bile atmamıştım. Hiç fark etmemiş bile olsam, altımda bir at vardı ve ilerleyen hep oydu, ben değil. At ortadan kaybolur kaybolmaz ayaklarımın farkına vardım, ne kadar da çelimsizdiler. Adımlarım küçük bir çocuğun ya da yaşlınınkiler gibi güçsüzdü. Bir an için herhangi bir bastona dayanmayı düşündüm: Din ya da çalışmak olabilirdi bu. Bu da kısa süreli bir düşünce oldu. Hemen fark ettim ki yeni bir yanlıştan başka bir şey olmayacaktı. Kırk yaşında artık yeni yanlışlara yer yoktur. Bir an için, insan çıplak olduğunu fark ederse, aynaya olduğu gibi bakma cesaretini kendinde bulmalıdır. Her şeye yeniden başlamalıydım. Evet, ama neresinden? Kendimden başlamalıydım. Söylemesi kolay ama yapması çok zordu. Ben neredeydim? Ben kimdim? Son kez ben kendim ne zaman olmuştum?

Söyledim ya, bütün öğleden sonralarını yaylalarda gezinerek geçiriyordum. Kimi zaman yalnızlığımın durumumu daha da kötüleştireceğini hissettiğim an, kente iniyor, kalabalığa karışıyor, tanıdık sokaklarda avunç arıyordum. Sanki artık bir işim vardı, Augusto çıkınca çıkıyor, onunla birlikte dönüyordum eve. Beni tedavi eden hekim ona, bazı çöküntülerde böyle sürekli hareket etme isteğinin olağan olduğunu söylemişti. İntihar düşüncesi beslemediğime göre, böyle gezinmemde bir tehlike yoktu. Augusto'ya göre, koşa koşa yorulacaktım elbette. Augusto hekimin bu açıklamasını yeterli bulmuştu. Gerçekten inanmış mıydı bilmiyorum, belki de sormaya üşeniyordu ya da huzurunu bozmak istemiyordu, her neyse ben bir kenara çekilip bu büyük mutsuzluğumu engellememesinden ötürü ona teşekkür borçluydum.

Hekim bir konuda haklıydı, bu bunalımlı çöküntü halimde, intihar düşüncesi beslemiyordum. Tuhaf ama gerçekten böyleydi, Ernesto'nun ölümünden sonra bir an için bile kendimi öldürmeyi düşünmedim, beni engelleyenin Ilaria olduğunu da sanma. Söyledim ya, o anda hiçbir şey umurumda değildi. İçimden bir sezgi bana bu ani ölümün ardında yatan gerekçenin bu kadar olmadığını, olmaması gerektiğini söylüyordu. Bunun ardında bir anlam vardı, bu anlamsa benim önümde dev bir merdiven gibi yükseliyordu. Bunu aşmam için mi önümdeydi acaba? Belki de evet, ama ardında ne olduğunu kestiremiyordum, acaba tırmanınca arkasında ne görecektim?

Bir gün otomobilimle daha önce hiç görmediğim bir yere vardım. Çevresinde küçük bir mezarlığı olan, bir minik kilise vardı, ağaçlarla kaplı yamaçların birinin tepesinden tarihi kalıntılar görünüyordu. Kilisenin az ötesinde, iki-üç çiftçi evi vardı, tavuklar serbestçe yollarda geziniyorlar, kara bir köpek havlıyordu. Tabelada Samatorza yazıyordu. Samatorza adı, bana yalnızlığı, düşüncelerin toparlanabileceği bir yeri çağrıştırdı. Oradan taşlı bir patika başlıyordu. Nereye gittiğimi bilmeden yürümeye başladım. Güneş batmaya başlamıştı, ama yürüdükçe canım durmak istemiyordu, arada bir rastladığım bir kuş beni heyecanlandırıyordu.

İleride beni çağıran bir şey vardı, bunun ne olduğunu ağaçların seyreldiği yerde anladım, ortada dingin ama görkemli havası, beni kucaklamak için açtığı dallarıyla dev bir çınar vardı.

Gülünç ama onu görür görmez yüreğim başka türlü atmaya başladı, atmak da değil, çıldırmış gibiydi, sanki sevinmiş bir hayvancıktı, Ernesto'yu gördüğüm zaman böyle atardı yüreğim. Çınarın altına oturdum, onu okşadım, sırtımı ve ensemi onun gövdesine dayadım.

Gnosei Seauton, çocukken Eski Yunanca defterimin kapağına böyle yazmıştım. Çınarın altında, belleğime gömülmüş olan bu cümle ansızın aklıma geliverdi. "Kendini tanı." Ve derin bir soluk aldım.

16 Aralık

Bu gece kar yağdı, uyandığımda bahçenin bembeyaz olduğunu gördüm. Buck çimenlikte deliler gibi koşuyor, zıplıyor, havlıyor, ağzına bir dal alıp havaya atıyordu. Daha sonra Signora Razman beni ziyarete geldi, bir kahve içtik, Noel gecesini birlikte geçirmemiz için beni davet etti. "Bütün gün ne yapıyorsunuz?" diye sordu gitmeden. Omuz silktim. "Hiç," diye yanıtladım onu, "biraz televizyon seyrediyorum, biraz düşünüyorum."

Senin hakkında bana hiçbir şey sormuyor, sözü oraya getirmeye çalışıyor, ama ses tonundan anladığım kadarıyla, senin nankör olduğunu düşünüyor. "Gençler," diyor genellikle sözün ortasında, "kalpsizdirler, eski saygı yok artık onlarda." Daha ileri gitmemesi için onu onaylıyorum, ama içten içe inanıyorum ki, yüreklerde hiçbir değişiklik yoktur, yalnızca şimdi daha az sahtekârlık var, hepsi bu. Yaşlıların doğaları gereği bilge olmadıkları gibi gençlerin de doğaları gereği bencil olmadıklarını düşünüyorum. Anlayış ve yüzeysellik, yaşla değil herkesin hak ettiği yolla ilgilidir. Yakınlarda bir yerde okuduğuma göre, Amerikan Kızılderililerinin şöyle bir deyişi varmış: "Bir insanı yargılamadan önce gökte üç ay eskiyinceye dek onun mokasenlerinde yürü." O kadar hoşuma gitti ki, unutmamak için telefonun yanındaki not defterine yazdım. Dışarıdan bakınca pek çok yaşam yanlış, mantıksız, delice görünebilir. Dışarıda kaldığın sürece insanları ve ilişkilerini yanlış yargılayabilirsin. Yalnızca içinden, yalnızca gökte üç ay değişene dek onun mokasenleri içinde yürüyerek, dürtüler, duygular, insanı şöyle değil de böyle davranmaya yönelten nedenler anlaşılabilir. Anlayış, bilgiçliğin kibriyle değil, alçakgönüllülükle doğar.

Acaba bu öyküyü okuduktan sonra sen de benim terliklerimi geçirecek misin ayağına? Umarım yaparsın bunu. Umarım benim terliklerimle uzun uzadıya odadan odaya gezer, bahçede bir tur atar, ceviz ağacından kiraz ağacına, kirazdan güle, gülden kırın sonundaki o sevimsiz kara çamlara yürürsün. Bunu yapacağını umut ediyorum, senin şefkatini dilendiğim için değil, geç kalmış bu beraat için hiç değil, ama senin için, senin geleceğin için gerekli bu. Nereden gelindiğini, arkamızda neler olup bittiğini anlamak, yalan dolansız ilerleyebilmek için ilk adımdır.

Bu mektubu annene yazmış olmalıydım, oysa sana yazdım. Hiç yazmasaydım işte o zaman benim varlığım tam bir başarısızlık olurdu. Yanlışlık yapmak doğaldır, ama bunlardan ders çıkarmadan ilerlemek bir yaşamın anlamının yitirilmesine yol açar. Başımıza gelenler hiçbir zaman nedensiz değildir, her birinin kendi anlamı vardır. Her karşılaşma, her küçük olay kendi içinde bir anlam barındırır. İnsanın kendi kendini anlayabilmesi, onu kabullenebilme yetisinden, herhangi bir anda yön değiştirebilme becerisinden, kertenkeleler gibi mevsim değişikliklerinde eski deriyi terk edebilmesinden doğar.

Neredeyse kırk yaşındayken, o gün Yunanca defterimdeki cümleyi anımsamamış olsaydım, daha da ileri gitmeden orada bir nokta koymasaydım, o âna dek yaptığım aynı yanlışları yineleyecektim. Ernesto'nun anısını silebilmek için yeni bir sevgili bulabilirdim ve sonra bir tane daha, bir tane daha... Onun bir eşini ararken, yaşamış olduklarımı yineleyebilme eğilimiyle, onlarcasını deneyebilirdim. Hiç kimse özgün olanın eşi olmayacaktı, her sefer daha da doyumsuzluk hissederek, ilerleyecektim. Belki de çevresini delikanlılar sarmış gülünç bir ihtiyar olacaktım. Ya da Augusto'dan nefret edebilirdim. Benim daha cesur kararlar alabilmeme engel olan onun varlığı değil miydi zaten? Anlıyor musun? İnsanın kendi iç dünyasına bakmak istemediği zaman bahaneler bulması dünyanın en kolay şeyidir. Dıştan bir suçlu her zaman vardır. Suçun –ya da daha iyisi sorumluluğun– yalnızca bize ait olduğunu kabullenmek çok cesaret ister. Gene de sana söylemiş olduğum gibi, ilerleyebilmek için tek yol budur. Eğer yaşam bir yolsa, her zaman yokuş yukarı giden bir yoldur.

Yola nereden başlayacağımı kırk yaşımda anladım. Nereye varmam gerektiğini anlamam ise engelli, uzun ama tutkulu bir süreç oldu. Biliyorsun, şimdi televizyonda, gazetelerde görüyoruz, sahte ermişler, sahte peygamberler türüyor; bugünden yarına onların öğretilerine göre yaşayanlar da çığ gibi artıyor. Bütün bu tarikat önderlerinin, huzuru ve evrensel uyumu kendi içinde bulabilmek için önerilen yolların artması beni ürkütüyor. Bunlar büyük ve genel bir şaşkınlığın antenleri. Eninde sonunda bir bin yılın sonundayız, tarihler basit bir sayısal düzeni gösterseler de gene de insanı ürkütüyorlar, herkes korkunç bir şeyler olmasını bekliyor, buna karşı hazırlıklı olmak istiyorlar. Bu nedenle de bu hocalara gidiyorlar, kendi kendilerini bulmak için okullara yazılıyorlar, bunlara bir ay devam ettikten sonra da peygamberleri, ermişleri ayırt edebilecek bir kibre bürünüyorlar. Ne kocaman ne çok yinelenen ne korkunç bir yalan!

Var olan tek gerçek ve inanılası öğretmen, insanın kendi vicdanıdır. Bunu bulabilmek için yalnız ve sessizlik içinde kalmak, çıplak toprağa, çıplak ve çevrede hiçbir şey olmaksızın, sanki ölmüş gibi oturacaksın. Başlangıçta hiçbir şey hissetmezsin, tek algıladığın korkudur ama sonra derinden, uzaktan bir ses duymaya başlarsın, bu dingin bir sestir ve belki de başlangıçta tekdüzeliği seni rahatsız eder. Tuhaftır, en yüce sözleri duymayı beklerken karşına en önemsizleri çıkar. Öylesine küçük ve tanıdık şeylerdir ki bunlar, bağırasın gelir: "Ne yani, hepsi bu mu?" Yaşamın bir anlamı varsa –diyecektir ses sana– bu anlam ölümdür, bütün öteki şeyler onun çevresinde döner. Amma keşif diyeceksin bu noktada, amma korkunç keşif, eninde sonunda ölüneceğini her insan bilir, en sona kalan bile. Doğrudur, düşüncede hepimiz biliriz bunu ama düşüncede bilmek başkadır, yürekte bilmek bambaşkadır, tamamen değişiktir. Annen bütün kibri ile karşıma dikildiğinde ona şöyle diyordum: "Yüreğimi incitiyorsun." Bana gülüyordu, "Gülünç olma," diye yanıtlıyordu beni, "yürek bir kas değildir, koşmazsan canını acıtmaz."

Anlayabilecek kadar büyüdüğü zaman onunla konuşmayı, beni ondan uzaklaştıranı anlatmayı denedim. "Doğru," diyordum ona, "sen çocukken bir dönem seni ihmal ettim, ağır bir hastalık geçirdim. Seninle hasta hasta ilgilenseydim belki de daha kötü olacaktı. Şimdi iyiyim," diyordum, "seninle konuşabiliriz, tartışabiliriz, en baştan başlayabiliriz." Ama bunlar onun umurunda bile değildi. "Şimdi kendimi iyi hissetmeyen benim," diyordu ve konuşmayı reddediyordu. Benim ulaşmakta olduğum o dinginlikten nefret ediyordu. Bunu bozmak, beni kendi küçük cehennemlerine sürüklemek için elinden geleni yapıyordu. Kendi durumunun mutsuzluk olduğuna karar vermişti. Kendi içine kapanmıştı ve kendi yaşamı hakkında yarattığı düşünceyi hiçbir şey gölgelesin istemiyordu. Mantıklı olarak, mutlu olmayı arzuladığını söylüyordu, ama gerçekte –en derinlerde– on altı-on yedi yaşında her türlü değişim olasılığına kapıları kapamıştı. Ben yavaş yavaş kendime değişik bir boyut yaratırken, o elleri başının üzerinde kımıldamadan duruyor ve dünya başına yıkılsın diye bekliyordu. Benim bu yeni dinginliğim onu rahatsız ediyordu, komodinin üzerinde İncil'i gördüğü zaman, "Teselli arayacak neyin var ki?" diyordu.

Augusto öldüğünde cenazesine bile gelmek istemedi. Kocam son yıllarda pek de hafife alınmayacak bir damar sertliği nedeniyle evde çocuk gibi konuşa konuşa gezinmeye başlamıştı. Ilaria bu duruma katlanamıyordu. "Bu bey ne istiyor?" diye bağırıyordu Augusto bir odanın kapısında belirince. O öldüğünde annen on altı yaşındaydı, on dört yaşında ona baba demeyi bırakmıştı. Augusto bir kasım öğleden sonrasında hastanede öldü. Bir gün önce kalp krizi geçirdiği için hastaneye kaldırılmıştı. Odada, yanındaydım, pijama yerine beyaz, sırt bağcıklı bir gömlek giydirmişlerdi. Hekimlere göre tehlikeyi atlatmıştı.

Tam hemşire yemeğini getirmişti ki, Augusto bir şey görmüş gibi ansızın ayağa kalktı ve pencereye doğru üç adım attı. "Ilaria'nın elleri," dedi donuk bir bakışla, "aileden hiç kimseye benzemiyor," Sonra yatağına geri döndü ve öldü. Pencereden dışarı baktım. İnce ince yağmur yağıyordu. Başını okşadım.

On yedi yıl boyunca, hiçbir şey sezdirmeden bu sırrı içinde saklamıştı.

Öğlen oldu, güneş açtı, kar eriyor. Evin önündeki bahçede karların arasından sararan otlar görünüyor, ağaçların dallarından birbiri ardına su damlaları düşüyor. Tuhaf ama Augusto öldüğünde, ölümün, tek başına, hep aynı acıyı getirmediğini fark ettim. Ani bir boşluk var –boşluk hep aynı– ama acının farklılığı bu boşluk içinde biçimleniyor. Söylenmeyen ne varsa bu boşluk içinde somutlaşıyor, genişliyor, genişliyor, genişliyor. Bu kapısı, penceresi, çıkış yolu olmayan bir boşluk, orada asılı kalan, sonsuza dek kalıyor, başının üstünde, seninle, çevrende, seni sarmalıyor ve yoğun bir sis gibi seni allak bullak ediyor. Augusto'nun, Ilaria gerçeğini biliyor olması ve bunu bana asla söylememiş olması beni müthiş bir rahatsızlığa itti. O anda onunla Ernesto konusunda konuşabilmek, onun benim için nasıl bir anlamı olduğunu söyleyebilmek, ona Ilaria'dan söz etmek, onunla pek çok başka şeyi tartışabilmek isterdim ama artık çok geçti.

Belki şimdi sana en başta söylediğimi anlayabilirsin: Ölüler yokluklarıyla değil, daha çok –onlar ve bizler arasında– söylenemeyenler yüzünden acı verirler.

Ernesto'nun ölümünden sonra olduğu gibi, Augusto'nun kaybından sonra da avuntuyu dinde aradım. Bir süre önce Alman bir Cizvit papazıyla tanışmıştım, benden birkaç yaş büyüktü. Benim dinsel işlevden hoşlanmadığımı fark edince, birkaç buluşmadan sonra, bana kilise dışında buluşmayı önerdi.

Her ikimiz de yürümekten hoşlandığımız için, birlikte gezintiler yapmaya karar verdik. Her çarşamba öğleden sonrası ayağında postalları ve eski bir sırt çantasıyla beni almaya geliyordu, yüzü pek hoşuma gidiyordu, derin çizgileri olan ciddi yüzü bende dağlarda büyümüş bir insan izlenimi uyandırıyordu.

Başlangıçta onun rahip oluşu beni korkutuyordu, her anlattığımın yarısını gizliyordum, bir skandal yaratmakla suçlanıp acımasızca yargılanmaktan korkuyordum. Derken bir gün, bir taşın üzerine oturmuş dinlenirken bana şöyle dedi: "Kendinize kötülük ediyorsunuz, biliyor musunuz? Yalnızca kendinize." O andan sonra yalan söylemeyi bıraktım, Ernesto'nun ölümünden beri hiç kimseye yapamadığım gibi açtım ona yüreğimi. Konuştukça, karşımda bir din adamı olduğunu unuttum. Tanıdığım öteki papazların tersine suçlayıcı ya da avutucu sözler kullanmıyordu; ürkütücü mesajları tatlı dille söylemek gibi bir çabası da yoktu. İlk anda itici gelebilecek bir tür sertlik yansıtıyordu. "Yalnızca acı insanı geliştirir," diyordu, "ama acıyla göğüs göğse gelmelisiniz, kaçmaya çalışan ya da ağlayıp sızlanan kaybetmeye mahkûmdur."

Kazanmak, kaybetmek; kullandığı bu terimleri sessiz ve içsel bir savaşımı tanımlamaya yarıyordu. Ona göre insan yüreği, bir yüzü aydınlıkken bir yüzü karanlık olan yeryüzü gibiydi. Ermişlerin bile her yanına ışık vurmazdı. "Bir beden sahibi olduğumuz için," diyordu, "gölgedeyiz, kurbağalar ve hem karada hem suda yaşayan hayvanlar gibi, bir yanımız burada yerde yaşarken bir yanımızla yükseklere göz dikiyoruz. Yaşamak yalnızca bunun bilincine varmak, bunu bilmek, ışığın gölgeye yenik düşmemesi için mücadele etmektir. Mükemmel olduğunu söyleyene güvenmeyin," diyordu, "yanıtların cebinde hazır olduğunu söyleyenlere inanmayın, yalnızca yüreğinizin sesine kulak verin." Onu hayranlıkla dinliyordum, uzun zamandır dışarı çıkabilmek için içimde çırpınan düşünceleri böylesine güzel dile getirebilen birini bulamamıştım. Sözcükleri ile benim düşüncelerim biçim kazanıyorlardı, aniden önümde bir yol açılıyordu, bu yolu aşmak artık bana o denli olanaksız görünmüyordu.

Arada sırada sırt çantasından özellikle sevdiği bir kitabı çıkartıyordu, mola verdiğimizde bana o duru ama kararlı sesiyle bölümler okuyordu. Onunla Rus keşişlerinin dualarını, yürek duasını keşfettim. İncil'in ve kutsal kitapların bana o güne dek anlaşılmaz gelen bölümlerini anlayabildim. Ernesto'nun ölümünden bu yana geçen bütün bu yıllar boyunca, evet, içsel yürüyüş yapmıştım, ama bu kendi bilgilerimin sınırları içinde yapılmış bir yürüyüştü. Bu yolculuk sırasında bir noktada, kendimi bir duvarın önünde bulmuştum, yolun bu duvarın ötesinde daha aydınlık ve geniş olarak sürdüğünü biliyordum. Ama nasıl aşacağımı bilemiyordum. Bir gün apansız bir sağanak nedeniyle bir mağazanın girişine sığındık. "İnsan nasıl inanç sahibi olabilir?" diye sordum ona içeride. "Buna çaba gösterilmez, inanç kendi gelir. Sizin inancınız var ama gururunuz bunu kabullenmenizi engelliyor, fazla soru soruyorsunuz, basit olanı karmaşıklaştırıyorsunuz. Gerçekte dehşetli korkuyorsunuz. Kendinizi rahat bırakın, ortaya çıkacak olan çıkacaktır."

Bu gezintilerden sonra eve daha kararsız ve aklım daha da karışmış olarak dönüyordum. Söyledim ya, sözleri beni yaralıyordu, sevimli değillerdi. Pek çok kez onu bir daha görmemek istedim, salı akşamı şimdi onu arayayım ve gelmeyin, hastayım diyeyim diye düşünüyordum, ama aramıyordum. Çarşamba öğleden sonra ise tam saatinde kapıya çıkıp postalları ve sırt çantasıyla görünmesini bekliyordum.

Gezilerimiz bir yıldan biraz daha fazla sürdü, günün birinde üstleri onu görevinden alıverdiler.

Sana anlattıklarım nedeniyle Peder Thomas'ın kibirli bir adam olduğunu, sözlerinin ve dünya görüşünün şiddet ve taassup içerdiğini düşünebilirsin. Oysa böyle değildi, ta derinlerinde tanıdığım en yumuşak ve uyumlu insandı, Tanrı'nın bir askeri değildi. Kişiliğinde bir mistisizm vardıysa da, bu bütünüyle somut, günlük dünyaya demir atmış bir mistisizmdi...

"Şu anda buradayız," diye yinelerdi hep. Son kez ayrılırken tam kapıda bana bir zarf verdi. İçinde dağ manzaralı bir kart vardı. Üzerindeyse Almanca, "Tanrı'nın egemenliği aranızdadır,"[1] yazılıydı. Arkasına ise elyazısıyla şöyle yazmıştı: "Çınarın altına oturduğunuzda kendiniz

1. Yeni Ahit, "Luka", 17:21. (Y.N.)

değil, çınar olun, ormanda orman, kırda kır, insanlar arasında insanlarla olun."

Tanrı'nın krallığı içinizdedir, anımsıyor musun? Bu cümle daha Aquila'da mutsuz bir gelinken etkilemişti beni. O zaman gözlerimi yumup, bakışlarımı içime kaydırdığımda hiçbir şey göremezdim. Peder Thomas'la karşılaştıktan sonra bir şeyler değişmişti, gene bir şey göremiyordum ama bu artık mutlak bir körlük değildi, karanlığın dibinde bir ışıltı seziyordum, arada bir kısa sürelerle kendimi unutmayı başarabiliyordum. Bu minik, güçsüz bir ışıktı, küçücük bir alevdi. Söndürmek için şöyle bir üflemek yeterdi. Ama varlığı bana garip bir hafiflik veriyordu. Tattığım bu duygu mutluluk değil ama sevinçti. Keyif, coşku yoktu, kendimi daha bilge, daha yükselmiş hissetmiyordum. İçimde büyüyen yalnızca var olduğumun huzurlu bilinciydi.

Kırda kır, çınarın altında çınar, insanlar arasında insan.

20 Aralık

Bu sabah, peşimde Buck'la, tavan arasına çıktım. O kapıyı açmayalı kaç yıl olmuştu! Her yan toz içindeydi, kirişlerin köşelerinden örümcek ağları sarkıyordu. Çocukken tavan arasına çıkmak çok sevilir ama yaşlılıkta pek de hoşa gitmiyor. Bir zamanlar gizemli ve serüven dolu olan keşifler şimdi anıların acısına dönüşüyor.

Noel için İsa'nın doğuşunu canlandıran süslemeyi arıyordum, bulabilmek için pek çok kutuyu ve iki büyük sandığı açmak zorunda kaldım. Eski gazetelere ve paçavralara sarılı olarak, Ilaria'nın en sevdiği bebeği geçti elime, çocukken en sevdiği oyuncağı oydu.

Daha altta, pırıl pırıl, hiç bozulmamış olarak Augusto' nun böcekleri, büyüteci, onları toplamak için kullandığı aletleri duruyordu. Az ilerideki bir şekerleme kutusunda, kırmızı kurdeleye bağlı olarak Ernesto'nun mektupları vardı. Sana ait hiçbir şey yoktu. Sen gençsin, yaşıyorsun, tavan arası henüz sana göre bir yer değil.

Sandıkların birindeki torbaları açınca benim çocukluğuma ait olan ve yıkılan evden kurtulabilen birkaç parça eşyayı buldum. Yanık, kararmış şeylerdi, kutsal bir kalıntı gibi çıkardım onları. Çoğunlukla mutfağa ait eşyalardı: emaye bir leğen, beyaz mavi seramik bir şekerlik, biriki çatal, kaşık, bir pasta kalıbı ve kapsız dağınık kitap sayfalan. Ne kitabıydı acaba? Anımsayamıyordum. Ancak özenle elime alıp, satırları en baştan gözden geçirmeye başlayınca, her şey aklıma geldi. Müthiş güçlü bir heyecandı: Bu herhangi bir kitap değil, çocukken en çok sevdiğim, beni hepsinden çok hayallere sürükleyen kitabımdı. Adı *İki Bin Yılının Harikaları* idi ve kendince bir bilimkurguydu. Öykü oldukça basitti ama hayallerle doluydu. 1800'lerin sonunda yaşayan iki bilimadamı, gelişmelerin nereye vardığını görebilmek için kendilerini iki bin yılına kadar dondurup uyutuyorlar. Tam yüz yıl sonra bir bilimadamı olan meslektaşlarının torunu onların buzlarını çözüp uyandırıyor ve küçük, uçan bir dairenin üzerinde dünyanın her yerinde öğretici bir gezi yapmaya gönderiyordu. Bu öyküde uzaylılar, uzay gemileri yoktu, olanlar yalnızca insanın kaderini ilgilendiriyor, insanoğlunun elleriyle kurduğu dünyayı inceliyordu. Ve yazara kulak verirsen, insanoğlu pek çok şey yapmıştı, hepsi de olağanüstüydü. Artık dünyada ne açlık ne yoksulluk vardı, teknolojiyle birleşen bilim, gezegenin her köşesini bereketli kılayı ve daha da önemlisi bu bereketin bütün insanlar arasında eşit dağıtılabilmesini sağlamıştı. Pek çok makine insanların çalışma yükünü üzerinden almıştı, herkesin boş zamanı boldu ve böylece her birey kendinde bulunan en soylu yanı geliştirebiliyordu. Yerkürenin her yanından müzik, şiir, sakin ve bilge felsefi söyleşiler işitiliyordu. Bu da yetmezmiş gibi, uçan daire sayesinde bir anakaradan ötekine gitmek bir saatten az sürüyordu. İki yaşlı bilimadamı durumdan hoşnut görünüyorlardı; onların pozitivist inançlarıyla tasarladıkları her şey gerçekleşmişti. Kitabın yapraklarını karıştırırken en sevdiğim resmi de buldum; iri cüsseli, Darwin sakallı ve koca göbekli iki bilimadamı mutlulukla uçan daireden aşağıyı seyrediyorlar.

Hiçbir kuşkuya yer bırakmamak için, bir tanesi en merak ettiği soruyu da sormuştu: "Ya anarşistler?" demişti, "devrimciler hâlâ var mı?" "Elbette var," diye gülümseyerek yanıtlamıştı onları rehberleri, "yalnızca onlar için kuzey kutbunun buzları altında yapılan bir kentte yaşıyorlar, böylece başkalarına zarar vermek isteseler de bunu yapamıyorlar." "Ya ordular?" diye söze katılmıştı öteki, "nasıl oluyor da tek bir asker görünmüyor?" "Artık ordu diye bir şey yok," diyordu genç.

O anda ikisi de derin bir nefes alıyorlardı; sonunda insanoğlu başlangıçtaki iyi yürekliliğine dönmüştü! Ama bu kısa süren bir sevinmeydi, çünkü rehber ekliyordu: "Ah, hayır, nedeni bu değil. İnsanoğlu yok etme tutkusundan sıyrılamadı, yalnızca kendini tutmayı öğrendi. Askerler, toplar, süngüler artık kullanılmaz oldular. Şimdi bunların yerine küçük ama etkili bir aygıt var. Onun sayesinde artık savaş olmuyor. Bir dağın üzerine çıkıp onu aşağı bırakmanız bütün dünyayı unufak etmeye yetiyor."

Anarşistler! Devrimciler! Bu iki sözcük benim çocukluğumun en büyük karabasanıydı. Belki sana anlaması zor gelebilir ama Ekim Devrimi yaşandığı zaman on yedi yaşındaydım. Korkunç şeylerin fısıldandığını duyuyordum, bir okul arkadaşım bana, pek yakında Kazakların Roma'ya, Vatikan'a ineceklerini, atlarına kutsal çeşmelerden su içireceklerini söylemişti. Çocuk zihinlerinde de var olan korku, bu görüntüyü zihnime kaydetmişti; gece, tam uyuyacakken Balkanlar'dan hızla gelen atların nal seslerini işitiyordum.

Kim tahmin ederdi ki, göreceğim dehşetli sahneler bambaşka olacaktı, nerede kalmış Roma sokaklarında koşan atlar! Çocukken bu kitabı okurken, acaba ben iki bin yılını görebilecek miyim diye hesap yapar dururdum. Doksan yaşında olmak bana oldukça uzak görünüyordu, ama olanaksız da değildi. Bu düşünce bana hafif bir sarhoşluk, iki bin yılını göremeyecekler karşısında neredeyse bir üstünlük duygusu veriyordu.

Şimdi iki bine bu kadar yaklaştığımızda, artık o günü göremeyeceğimi biliyorum. Üzülüyor muyum? Hayır, ama artık çok yorgunum. Vaat edilen harikalardan yalnızca birini gördüm: o minicik ama müthiş güçlü olan aygıtı. Acaba yaşamının son günlerinde bu fazlasıyla yaşamış, fazlasıyla görmüş, fazlasıyla işitmiş olma duygusu ansızın herkese gelir mi? Acaba taş devri adamı da şimdi yaşadıklarımı hisseder miydi? Şimdi, geride bıraktığım bu yüz yılı düşününce zaman sanki ivme kazandı gibi geliyor bana. Bir gün, hâlâ bir gün; gece güne, gün mevsime orantılı bir uzunlukta. Şimdi de taş devrinde olduğundan farklı değil. Güneş, doğuyor ve batıyor. Astronomik açıdan bir değişim varsa da bu en düşük ölçüde.

Gene de bana öyle geliyor ki, şimdi her şey çok daha hızlandı. Tarih pek çok olay yaratıyor, bizi sürekli değişik haberler bombardımanına tutuyor. İnsan her günün sonunda kendini daha yorgun hissediyor, bir yaşam sonundaysa tükeniyorsun. Yalnızca Ekim Devrimi'ni, komünizmi düşünsen yeter. Ben onun doğuşunu yaşadım, Bolşevikler yüzünden geceleri uyku uyumadım, onun ülkelere yayıldığını, dünyayı ikiye böldüğünü, şurası ak, şurası kara deyip akla karanın sürekli savaştığını gördüm. Bu savaşı hepimiz soluk soluğa izledik. Bomba vardı, çoktan atılmıştı biri ama her an bir yenisi atılabilirdi. Sonra bir anda, aynı ötekilere benzeyen günün birinde, televizyonu açıyorum ve bütün bunların artık var olmadığını görüyorum, duvarlar yıkılıyor, tel örgüler yırtılıyor, heykeller kaldırılıyor; bir aydan kısa bir sürede yüzyılın en büyük ütopyası bir dinozor haline geliyor. Mumyalandı artık ve o kımıltısızlığı içinde çok masum bir görünümü var, bir salonda sergileniyor, herkes önünden geçiyor ve şöyle diyor: Oh ne büyükmüş, of ne korkunçmuş!

Komünizm, dedim ama bambaşka bir şey de söyleyebilirdim, gözlerimin önünden pek çok şey geçti ama hiçbiri kalmadı. Neden zaman ivme kazandı, diyorum anlıyorsun değil mi? Taş devrinde bir yaşam süresinde bunca çok olay yaşanır mıydı? Yağmur mevsimi, kar mevsimi, güneş mevsimi, çekirge istilası, sevimsiz komşularla kanlı bir çatışma, belki de duman tüten bir krater açan göktaşının düşmesi. İnsanın kendi tarlasından, kendi nehrinden ötede bir şey yoktu, dünyanın geri kalan bölümlerinden habersiz olmakla, zaman doğal olarak daha yavaş akıyordu.

"İlginç yıllar göresin," dermiş Çinliler birbirlerine. Bu iyi bir dilek mi sence? Sanmam, bu bana bir dilekten çok bir laneti anımsatıyor. İlginç yıllar, en çalkantılı, en çok olaya sahne olanlardır. Ben pek çok ilginç yılda yaşadım ama belki senin yaşadıkların daha da ilginç olacak. Yalnızca basit bir astronomik hesap da olsa bir bin yılın bitmesi, beraberinde müthiş bir heyecan getirir.

İki bin yılının 1 Ocak sabahı, kuşlar, ağaçlarında 31 Aralık 1999 sabahı uyandıkları saatte açacaklar gözlerini, aynı biçimde ötecek, bir önceki gün gibi yiyecek aramaya gidecekler. Oysa insanlar için bambaşka olacak. Belki de –tahmin edilen cezayı henüz almadılarsa– daha iyi bir dünya için, iyi niyetle çalışmaya başlayacaklar. Böyle mi olacak? Belki, ama belki de hayır. Şu âna dek gördüğüm sinyallerin hepsi değişik, birbirinden farklı. Bir gün, insanın içgüdülerine tutsak, karmaşık ve çok tehlikeli aygıtları kullanmaya bayılan biri olduğunu düşünüyorum, bir başka günse artık kötü günlerin geride kaldığını, ruhun en yüce yanlarının artık ortaya çıkmaya başladığına karar veriyorum. Acaba hangi savım doğru? Kim bilir, belki ikisi de değil, belki de iki binin ilk gecesinde, gökyüzü, insanoğlunu, aptallığı ve gücünü pek de bilgece olmayan bir biçimde harcadığı için cezalandıracak ve yeryüzüne ateş ve taş yağdıracak.

İki bin yılında sen tam yirmi dört yaşında olacaksın

ve bütün bunları göreceksin, oysa ben gideremediğim merakımı mezarıma sürükleyerek, çekip gitmiş olacağım. Bu yeni zamanları karşılamaya hazır ve yeterli olacak mısın? Şu anda gökten bir peri inse ve bana üç dileğimi sorsa ne isterdim biliyor musun? Beni bir fareye, hamstere ya da ev örümceğine, yani görünmeden senin yanında kalabilecek bir şeye dönüştürmesini isterdim. Senin nasıl bir geleceğin olacak bilmiyorum, hayal edemiyorum, seni çok sevdiğim için de bunu bilmemek bana acı veriyor. Birkaç kez bu konudan söz ettik, sen geleceği hiç de pembe görmüyordun. Yeniyetmeliğe özgü o mutlakçı anlayışıyla o dönem peşinde olan mutsuzluğun seni sonsuza dek izleyeceğini sanıyordun. Bense tam tersini düşünüyorum. Neden, seni böyle düşündüren nedir, diye soracaksın. Buck yüzünden tatlım, hep ve yalnızca Buck yüzünden. Çünkü sen köpek çiftliğinde onu seçtiğin zaman, yalnızca pek çok köpek arasından birini seçtiğine inanıyordun. O üç gün boyunca, gerçekte sen iç dünyanda daha kararlı bir savaş sergiledin; görüntü ve yüreğin sesi arasında, sen hiç kuşku duymadan hiç kararsızlık çekmeden yüreğinin sesini dinledin.

Senin o yaşında olsaydım, belki ben yumuşacık, gösterişli bir köpek seçerdim, gezinirken beni kıskanacakları soylu, mis kokulu bir köpek isterdim. Benim güvensizliğim, benim içinde büyüdüğüm ortam, beni çoktan dış görünümün hükümdarlığına teslim etmişti.

21 Aralık

Dün, tavan arasında uzun araştırmalar yaptıktan sonra, aşağıya Noel süslerini ve yangından kurtulan pasta kalıbını indirdim. Noel süsünü anladım, Noel'deyiz, diyeceksin, pasta kalıbı da ne oluyor? Bu kalıp benim büyükanneme, yani senin iki kat büyükannen olan kişiye aitti ve ailemizin bütün dişi tarihinden geriye kalan tek nesne bu. Tavan arasında çok uzun süre kaldığı için paslanmış, onu hemen mutfağa götürdüm, lavaboda sağlam elim ve güzel süngerlerle onu temizlemeye uğraştım. Bir düşünsene, bütün varlığı boyunca kaç kez fırına girip çıkmıştır, kaç tane birbirine benzeyen ama değişik el ona hamur hazırlamıştır. Onu daha da uzun yaşasın diye aşağı indirdim, sen de onu kullan ve hatta kızlarına bırak, o da kendi alçakgönüllü kalıplık tarihinde kuşaklar boyunca ailemizin tarihini anımsatsın, yansıtsın.

Onu sandığın dibinde görür görmez aklıma seninle aramızın son kez iyi olduğu gün geldi. Ne zamandı? Bir yıl, ya da daha fazla oldu. Öğleden sonra, kapıma vurmadan odama girmiştin, ben ellerimi göğsüme kavuşturmuş, yatıyor, dinleniyordum; sen, beni öyle görünce gözyaşları ile ağlamaya başladın. Hıçkırıkların uyandırdı beni. "Ne var?" diye sordum sana, bir yandan oturmaya çalışarak. "Ne oldu?" "Pek yakında öleceksin," derken, daha da güçlü ağlamaya başladın. "Oh, Tanrı'm, umarım o kadar yakın değildir," dedim gülerek ve sonra ekledim: "Biliyor musun? Senin bilmeyip benim bildiğim bir şey öğreteceğim sana, böylece artık burada olmadığım zaman bunu yapıp beni hatırlayacaksın." Ayağa kalktım, sen de boynuma sarıldın. "O zaman," dedim, beni de sarmalayan duygusallıktan kurtulmak için, "ne öğretmemi istiyorsun şimdi sana?" Gözyaşlarını kurulayarak biraz düşündün ve, "Bir kek," dedin. Sonra mutfağa gittik, uzun bir kavgaya giriştik. En önce önlük takmamakta direndin, "Şimdi önlük takarsam, sonra sıra bigudilere ve terliklere gelir, ne korkunç," diyordun. Sıra yumurtanın aklarını kar yapmaya gelince bileğinin güçsüz olduğundan yakındın, sonra yağı, yumurta sarılarına yediremediğin için kızdın, fırın yeterince sıcak değil diye söylendin. Çikolata erittiğim kaşığı yalarken burnumun ucu kahverengi oldu. Beni öyle görünce kahkahalarla gülmeye başladın. "Senin yaşında," diyordun, "utanmıyor musun? Burnunun ucu köpek gibi lekeli!"

O basit keki yapabilmek için bütün bir öğleden sonra uğraştık ve mutfağı acınacak bir hale soktuk. Ansızın aramızda müthiş bir hafiflik, suç ortaklığına dayalı bir neşe gelişti. Kek en sonunda fırına girdiğinde ve sen camın arkasından yavaş yavaş onun kararıp kabarmasını seyrederken birdenbire bu keki neden pişirdiğimizi anımsayıp ağlamaya başladın. Fırının önünde seni avutmaya çalışıyordum. "Ağlama," diyordum, "senden önce gideceğim doğru ama burada olmadığım zaman da, hâlâ var olacağım, senin belleğinde güzel anılarda yaşayacağım; ağaçlara, bostana, bahçeye baktıkça, seninle birlikte geçirdiğimiz bütün mutlu anları anımsayacaksın. Benim koltuğuma oturacak olursan, bugün öğrettiğim keki yaparsan da aynı şey olacak ve kahverengi burnumla beni karşında göreceksin."

22 Aralık

Bugün kahvaltıdan sonra salona gittim ve İsa'nın doğumunu canlandıran süslememi, her zamanki yerine, şöminenin yanına yerleştirdim. Önce yeşil kartonu serdim, sonra kuru samanları, hurma ağaçlarını, Hz.Yusuf ve Meryem Ana'nın içinde olduğu kulübeyi, öküzü, eşeği ve çevreye yayılmış çobanları, kazlarıyla köylü kadınları, çalgıcıları, domuzları, balıkçıları, horozları, tavukları, koyunları ve keçileri dizdim üzerine. Yapışkan bantla, köyün üzerine göğün mavi kâğıdını taktım. Kuyrukluyıldızı sabahlığımın sağ cebine, haberci kralları sol cebime koydum, sonra odanın öte yanına gidip yıldızı büfenin üzerine astım, altına, az öteye kralları ve develeri dizdim.

Anımsıyor musun? Sen küçükken çocuklara özgü o düzgünlük merakınla, yıldızın ve üç kralın kulübeye yakın olmalarına kızardın. Uzakta olmalılar, yavaş yavaş ilerlemeliydiler, yıldız az ileride, üç kral hemen arkasında durmalıydı. Aynı biçimde İsa bebeğin de en baştan yemliğe konmasına katlanamazdın, bu nedenle gece on ikide onu ahıra havadan indirirdik. Koyunları yeşil halıcıklarına dizerken aklıma sevdiğin bir şey daha geldi; senin uydurduğun bir oyundu bu ve yinelemekten hiç sıkılmazdın. Bunu yapmak için sanırım başlangıçta Paskalya'dan esinlenmiştin. Paskalya'da, renkli yumurtaları bahçeye saklama alışkanlığım vardı. Sen de Noel'de yumurta yerine, koyunları saklardın, ben bakmadığım bir an, sürüden birisini alır ve en akla gelmeyecek yerlere saklardın, sonra neredeysen, yanıma gelir ve umutsuzca melemeye başlardın. İşte o zaman arama başlardı, elimdeki işi bırakır, "Neredesin kayıp koyuncuk? Yerini söyle de seni kurtarayım," diyerek aranırdım.

Ve şimdi, minik koyun, neredesin? Ben şimdi yazarken, sen kaktüsler, Koyote çakalları arasındasın, okurken, burada olacaksın, benim eşyalarım da çoktan tavan arasına kalkmış olacak. Sözlerim seni kurtarabilecek mi? Hayır böyle bir iddiam yok. Belki seni rahatsız edecek, buradan ayrılmadan sahip olduğun o çok kötü izlenimleri pekiştirecek. Beni belki daha da büyüdüğünde, ancak uzlaşmazlıktan merhamete uzanan o esrarengiz yolu aşmışsan anlayabileceksin.

Merhamet diyorum dikkat et, ıstırap değil. Duyduğun ıstırap olursa, o kötü ruhlar gibi iner sana eziyet ederim. Ama alçakgönüllü olmaktansa basit bir kız olmayı yeğlersen, susmak varken boş dedikodularla sarhoş olursan da aynı şeyi yapacağım. Lambalar patlayacak, tabaklar raflardan uçacak, külotlar avizelerden sarkacak, sabah güneş doğduğu andan gece yarısına dek seni bir an bile rahat bırakmayacağım.

Hayır, doğru değil bunlar, hiçbir şey yapmayacağım. Bir yerlerdeysem, seni görme olanağım olursa, boşa geçirilmiş bir yaşam gördüğüm her sefer nasıl üzüldüysem öyle üzüleceğim, aşk yürüyüşünü tamamlayamamış bir yaşam, beni hüzünlendirir. Kendine dikkat et. Büyürken, yanlışların yerine doğruları koymak istediğinde şunu anımsa: Yapılacak ilk devrim, insanın kendi içinde yapacağıdır, evet ilk ve en önemli devrim budur. İnsan kendi hakkında bir düşünceye sahip değilken bir düşünce uğruna savaşmak, yapılabilecek en tehlikeli şeylerden biridir.

Yolunu yitirdiğini, şaşırdığını hissettiğin zaman ağaçları düşün, onların büyüme biçimini anımsa. Unutma ki, yaprağı gür ama kökü zayıf bir ağaç ilk güçlü rüzgârda devrilir, oysa kökü güçlü ve az yapraklı ağaçta can suyu bin bir güçlükle dolaşır. Kökler ve yapraklar aynı ölçüde gelişmelidir, olayların içinde ve üzerinde olmalısın, ancak böyle gölge ve sığınak sunabilir, ancak böyle doğru mevsimde çiçekler ve meyvelerle donanabilirsin.

Ve sonra, önünde pek çok yol açılıp sen hangisini seçeceğini bilemediğin zaman, herhangi birine, öylece girme, otur ve bekle. Dünyaya geldiğin gün nasıl güvenli ve derin derin soluk aldıysan, öyle soluk al, hiçbir şeyin senin dikkatini dağıtmasına izin verme, bekle ve gene bekle. Dur, sessizce dur ve yüreğini dinle. Seninle konuştuğu zaman kalk ve *yüreğinin götürdüğü yere git.*

Yüreğinin Götürdüğü Yere Git, seksen yaşında bir büyükannenin uzaklardaki torununa yazdığı mektuplardan oluşur. Alabildiğine yalın, gündelik konuşma diliyle yazılmış bu sevgi dolu mektuplar, hem bir iç döküş, hem de bir bilgenin vasiyeti niteliğinde. Yaşlı büyükanne, bu mektuplarda, kendisinin ve kızının dokunaklı yaşamlarının gizli kalmış yönlerini açığa vururken kendi kendisiyle bir iç hesaplaşmayı da birlikte yürütüyor. Değişen gelenekler, altüst olmuş değerler karşısında hissettiklerini, torununa sevgiyle aktarmaya çalışan bu yaşlı kadın, gençliğinde yapmayı göze alamadığı şeyleri yapmasını torununa öğütlerken şöyle diyor: "Yapmaya değecek tek yolculuk, içimize yaptığımız yolculuktur; o özgün çağrıya kulak vermeli, yüreğimizin götürdüğü yere gitmeliyiz."

Susanna Tamaro'nun bu en ünlü kitabı, yayımlandığı günden bu yana yeni okurlarla buluşmayı sürdürüyor.

14.00

THG
0627648
CVY

ISBN: 978-975-07-1962-2

can

13,5 TL
KDV DAHİL

canyayinlari.com twitter.com/canyayinlari facebook.com/canyayinevi

9 789750 719622